心果集

林旭华 著

天津出版传媒集团
百花文艺出版社

图书在版编目（C I P）数据

心果集 / 林旭华著. — 天津 : 百花文艺出版社,
2024.12
ISBN 978-7-5306-8873-1

Ⅰ. ①心… Ⅱ. ①林… Ⅲ. ①散文集－中国－当代
Ⅳ. ①I267

中国国家版本馆 CIP 数据核字（2024）第 104495 号

心果集
XIN GUO JI
林旭华　著

出 版 人：薛印胜
责任编辑：宋春悦　　**装帧设计：**青年作家网
特约策划：汪　鑫
特约编辑：俞旺忠　刘慧明
出版发行：百花文艺出版社
地址：天津市和平区西康路 35 号　　**邮编：**300051
电话传真：+86-22-23332651（发行部）
+86-22-23332656（总编室）
+86-22-23332478（邮购部）
网址：http://www. baihuawenyi. com
印刷：永清县晔盛亚胶印有限公司
开本：787 毫米 x 1092 毫米　1/16
字数：180 千字
印张：16.25
版次：2024 年 12 月第 1 版
印次：2024 年 12 月第 1 次印刷
定价：68.00 元

如有印装质量问题，请与永清县晔盛亚胶印有限公司联系调换
地址：河北省廊坊市永清县榕花路 3 号
电话：+86-316-6658662
邮编：065699

我以文字笔墨，倾情浇灌美丽心灵果园，向世界吐露人生芬芳……

——作者自题

巉岩下一枝春花

文／林旭华

闪电撕裂残冬阴霾

让滚滚春雷唤醒沉寂中蛰伏万物

踮起细长足尖

一枝娇艳野花

从巉岩下悄然伸出红红花骨朵儿

凝神谛听

微颤晶莹雨珠

有生命蠕动

一星粲然穿透烟雨苍茫

静待烂漫一片

序　言

浪漫与现实撞击出的心灵之果

欣闻实力派散文名家和收藏家林旭华先生的散文集《心果集》即将出版发行，作为散文界同行，我由衷地为他高兴。

《心果集》里的篇章我看了一部分，这是一部颇具创意的优秀文集，是林旭华多年文学创作成果的集中展示，更是一部凝结了作者内心深处真实感受和思想光芒的灵魂之作。

在我看来，真正的好散文是有灵魂的，这个灵魂就是作者对人生、对这个世界真实且有良知的心灵呼唤、内心感受和深刻思考。纵观古今中外散文名篇杰作，无不闪耀着这种璀璨的心灵光芒。什么是好散文？我认为至少应该具备这样几个条件：有生活底蕴；拥有丰富的情感；有鲜明的语言个性；有独到的艺术风格；是传统与时代的结合。当然还有很多方面需要深入研究与探索。

散文是“形”散而“神”聚的文学体裁。形散，是散文创作的浪漫形式，可以诗情画意，可以纵笔畅谈，可以喜怒哀乐，等等；而神聚，是其实质内容的反映，表达的是作者因现实生发的种种真实的心灵感受和思想。

《心果集》最大的艺术特色就是闪耀着浪漫与现实撞击后的光芒，这个心灵之果，是写意与写实的完美融合，清美奔放，风韵独具，引人共鸣。例如，《心果集》中“咏景叹物”一辑作者摄取自然景物美之瞬间，进而引发对人生社会、人文历史深深的现实思考，以奇思妙想和诗意化语言，剖析了太阳、月亮、星空、寒梅、杜鹃花等动人意象所承载的美之内涵、高贵品格、人文精神，抒写了人生感悟等；“思乡怀故”“行吟山水”则纵情描绘了家乡美好的风土人情，抒发了对家乡的深切思念和热爱之情；“那人那事”以真挚的情感，激情满怀地抒写了市井生活的执着坚守、纯洁善良、青春理想等；“哲理小品”直抒胸臆，抒发对现实、人生、社会的深刻哲思，给人启迪；“赏物悦心”“文史纵横”更是海阔天空，纵逸奔放，通过阐述在艺术鉴赏、人文历史、宇宙地球等领域的探索与发现，展现中华民族传统文化艺术的美好与风雅以及人类与宇宙地球息息相关的命运。作者立意高远深邃，文笔优美流畅，感情真挚动人，注重细节描写和客观的记叙和阐述，精雕细琢，虚实结合，以意传神，神韵生动，既严谨又纵逸。总之，《心果集》融浪漫与现实于一体，淋漓尽致地表达了作者对自然景物、家乡风情、市井万象、人生经历、文史艺术、宇宙地球、写作体会等的深刻理解、感怀和思考，是真实的心灵感受和思想的结晶。

林旭华是中国散文界近年来升起的一颗新星，他的写意与写实完美融合的创意写作技法值得借鉴学习。我衷心祝愿和期待林旭华能够创作出更多更好的优秀文学作品来，为中国文学和中国文化传承与繁荣做出杰出贡献。

是为序。

中国散文学会副会长

2024年6月14日于北京

自　序

散文的灵魂

把《心果集》送交出版社之后，我终于长舒了一口气。

《心果集》是一部囊括我多年文学创作成果的散文集，是一部融合浪漫与现实的心灵之作。能够把凝结我内心深处真实思想情感的心灵之果奉献给这个世界，我感到无比快乐。我的散文创作启蒙，得益于家乡瑞安一位著名的曲艺创作者——我的大舅舅郑志强先生。对他的指导，我非常感恩！在指导我进行散文创作时，他一直强调作品的“立意”，不仅要语句流畅、意境优美，还要有内心真情实感的立意。在他的悉心指导和不断勉励下，1989年，我在《温州日报》副刊发表了散文处女作《我的自白》。虽然在现在看来，该作品是一片“豆腐干”，甚至还有些稚嫩，但激情四射，的确是我二十世纪八十年代浪漫青春时期内心真实情感的流露。此后，我一发不可收拾，经常把自己内心的所思所想付诸文字，发表于全国各地的报纸杂志。

自2019年起，我的散文创作进入旺盛期，趋向于浪漫与现实相融合的创作风格，更加注重表达自身真实的内心感受和思想。可以说，《心果集》就是在这样的背景下孕育出来的。

《银圆探秘》出版发行后，我曾应青年作家网之邀，作了一场文学讲座。我谈到，文学是人学，但从更深层次来说，文学是心灵学。因为文学创作的写人、叙事、抒情、描景、状物、论述，表达的均是一种心灵上的东西，是心灵的净化和升华。

中国散文学会副会长周振华老师在序言中写道：“真正的好散文是有灵魂的。”我非常赞同这一观点。那么真正好散文的灵魂是什么呢？我认为，立意就是好散文的灵魂。一篇优秀的散文作品，不能为描景而描景、为状物而状物、为记人而记人、为叙事而叙事，而应该着重在立意上下功夫，深入挖掘其内涵，不断丰厚作品的底蕴，以高远深邃的立意，通过景、物、人、事等来表达作者内心的真实思想、情感，引起读者心灵共鸣，并能够有所启迪，这就是好散文的灵魂。有了这样的灵魂，散文才有可能成为名篇杰作。否则，作品就流于虚浮，容易沦为“快餐”文，“食”之无味，随时为读者所弃，即使有最华丽的语言，也依然虚空浮华，转瞬即逝。纵观古今中外散文名作，无论是范仲淹的《岳阳楼记》，还是朱自清的《背影》，无论是卢梭的《一个孤独的散步者的遐想》，还是贾平凹的《丑石》，等等，无不闪耀着这种来自心灵深处的绚丽光芒。

中国当代散文以写实居多，写意的很少，但《心果集》许多作品体现了写意与写实相融合的特征，就如绘画的写意和工笔。写实，就要注重工笔式的形态细节描绘和客观精彩的记叙和阐述，可以精雕细描，需要严谨翔实，甚至特写放大；写意应该洒脱奔放，以意传神，达到神韵毕现。散文采用写意与写实融合的技法创作，虚实结合，多层次表现，更能真实生动、淋漓尽致地体现作者的心灵世界，进而引人共鸣，成就散文的精品之作。

此次《心果集》出版发行，中国散文学会副会长周振华老师在百忙之中抽出宝贵时间作序并给予了高度评价，此外还得到青年文学家杂志社社长和总编辑周贵玉、青年作家网总编汪鑫等领导和老师的大力推荐和支持帮助，在此一并衷心感谢！

林旭华

2024年6月15日于杭州

目　录

第一辑　咏景叹物

第二辑　思乡怀故

第三辑　行吟山水

第四辑　那人那事

第五辑　哲理小品

第六辑 赏物悦心

第七辑 文史纵横

第八辑 创作漫笔

第一辑

咏景叹物

红

四月初，与友人驾车游览浙南宗教圣地——瑞安马屿圣井山，我不禁深深震撼于圣井山杜鹃花那种令人陶醉的红了。

汽车在圣井山景区高高的盘山公路上悠然行驶。从车窗向外望去，下面是绿林苍郁、溪流潺潺的深深山谷，空中飘浮着几朵白云，当一棵棵绿树、一片片绿草一一闪过之际，在对面密林黄绿相间的陡峭山崖上，一大丛鲜红耀眼的杜鹃花倏地跃入眼帘——

“嚯，好美的杜鹃花！”我不禁发出一声惊呼。

杜鹃花是圣井山最美的春季特色景观。当我们拾级而上，刚登至山巅，就瞬间被一大片红色的花海所浸没，感到身上每一个细胞都被那种火焰般的红色所渗透。

这是一种怎样令人陶醉的红啊——

山坡上，岩石边，悬崖间，小路旁，郁郁葱葱的树林和草丛里，漫山遍野，到处都是杜鹃花，红红的花骨朵儿，一丛丛，一簇簇，一团团，如火如荼。

苍穹是瓦蓝瓦蓝的，广袤而深远。杜鹃花浩瀚的花海仿佛是从天空倾泻而下的红色泼墨，在青翠的山巅坡地间恣意烂漫成一幅流光溢彩、雄浑奔放的画卷；又如在高高的山巅坡地铺展的红色巨毯，蕊靠着蕊，瓣贴着瓣，相互依偎，交相辉映，密密匝匝地一直往天边延伸；更像熊熊燃烧的火焰，映红了青山，映红了天边，我甚至似乎听到了那噼噼啪啪的生命之火的燃烧声。

相传古时蜀王杜宇一心爱民，死后念念不忘，于是化为嘴角带血色红斑的杜鹃鸟（布谷鸟），每到春季，高声提醒百姓："快快布谷，快快布谷！"因日日鸣啼，张口而出的鲜血遍洒大地，染红了满山的野花，民间便称这种野花为杜鹃花。

"闲折两枝持在手，细看不似人间有。花中此物似西施，芙蓉芍药皆嫫母。"唐代著名诗人白居易的《山石榴寄元九》把杜鹃花比作"花中西施"。

此刻，杜鹃花亭亭玉立，风姿绰约，红色的花瓣沾满了晶莹的露珠，鲜艳欲滴，在阳光下粲然绽放，仿佛春心荡漾的少女，笑意盈盈地向青山吐露心迹。

"达则兼济天下，穷则独善其身"，这是白居易的人生哲学观。他心系社稷，在朝时频繁上书言事，并写出了大量反映社会现实的诗歌，希望以此补察时政，后因此得罪权贵，被贬江州。此间，白居易虽孤独不得志，但能与自然为伍，恬然自足，而心中依然期待被朝廷重用，一展宏图，实现他的报国之志。"商山秦岭愁杀君，山石榴花红夹路。题诗报我何所云，苦云色似石榴裙。"《山石榴寄元九》全诗意境深远，无限感喟，也许表达的就是这种情怀吧。

从山谷吹来暖暖的风，顷刻，杜鹃花开始如潮水般涌动，漫卷旷野山巅，一枝枝、一朵朵在风中摇曳、颤动，像一位位穿着红裙子的仙子，在阳光下翩翩起舞，婀娜多姿，妩媚动人。沁人心脾的馨香瞬间在山巅弥漫，清致淡雅，若有若无，直透骨髓，令人心旷神怡。在鼓荡的山风中，我仿佛在山巅上隐隐听到了杜鹃花那一串串银铃般的笑声，纯净、温婉而清丽。

徜徉羊肠曲折小径，嫣红的杜鹃花从错杂旮旯里悄然而出，在宁静的坚持中奔涌着生命的激情；独伫旷阔的山巅，置身于杜鹃花浩瀚漫卷的花海，红色的光芒瞬间穿透了心灵，在飒飒的谷风中体验那种惊心动魄的红。

杜鹃花那旷野山巅漫卷的花海和错杂旮旯里的盛放，让我深深感受到杜宇、白居易那种赤诚如血的爱民报国之拳拳心志。我想，杜鹃花不比玫瑰娇艳，但红得清丽，也不似梅花冷傲，却红得温婉，更不与群芳争艳，但红得纯净。无论是在何处，杜鹃花总是粲然又沉静地绽放，生机勃勃、清纯、从容、洒脱，那种淋漓尽致的红，红得绚烂如火，红得安详执着，红得穿灵透心——

圣井山的杜鹃花呀，那种令人陶醉的红，让我为之深深震撼，至今刻骨铭心。

注：本篇散文入选2023年海外孔子学院《阅读》教材（汉英对照本），并被《意林》（原创版）2023年第7期选载。

寒　梅

淅淅沥沥的冷雨终于停歇，我决定到小区的花园走走。

天空依然阴沉着，寒风冷峭得刺骨。这个大年三十的早上，原来热闹的花园变得一片清寂，唯有我的脚步声在砖石铺就的路面上响着。

花园里的乔木早已褪尽了绿衣，光秃秃地呆立着，一片萧索沉寂。

转过花园的弯角，蓦地，眼前一亮，一大团鲜嫩的粉红色跃入眼帘，云蒸霞蔚般绚烂——哦，原来是路边一树傲然绽放的寒梅。

梅花树独自伫立。粗壮的虬枝布满绿苔，裸露着嶙峋的老茧，苍劲而挺拔。枝丫分杈而出，或竖或横或斜，但没有叶片，现出或浅灰或嫩绿的本色，平滑而柔韧。而粉红色的梅花则挂着晶莹的雨珠，一簇簇、一串串地绽放在枝丫上，盛开满树，潇潇洒洒，绽放的笑靥灿灿、艳泛烟霞，含苞的豆蔻芳华、娇羞颔首。寒梅红瓣灼灼，嫩蕊颤颤，明灿而高雅，坦荡而炽热，犹如粉红色的火焰，点燃了这萧寂的花园，点亮了这阴郁的天空，驱散了这冷峭的寒意，使花园瞬间充满了温馨和生机。

太阳出来了。

明媚的阳光下，粉红色的寒梅在树上盛放着这烂漫的激情，虽然静静的，悄悄的，但我似乎听到了生命在蓬勃新生的爆裂声。

傲然绽放，一脸绚烂，不张扬但热烈，不炫耀却灿烂，寒梅，那种侠骨剑胆般磊落和低调的风采，令我深深震撼，并让我心中顿生深深敬意。

倏地吹来一阵寒风，我听到从头顶上方传来一阵极其细微的坠落声音，轻轻的，柔柔的，如细雨轻击落叶声。转瞬，悠悠飘来一阵淡淡的馨香，丝丝缕缕地在树下弥漫开来，清逸幽雅，韵味深长，沁心入脾，经久不息，张臂，清香盈怀，闻之，心旷神怡。

抬头，但见一片片粉红色梅花瓣从树上飘洒而下，在树下悠悠地旋转着，飞舞着。带着雨珠的花瓣在阳光下闪烁着晶莹的光，如流星，如雪花，纷纷扬扬，洒洒脱脱，很快铺就了一地密集的落红。

哦，是寒梅飘落的花瓣雨！

散发着清香的花瓣雨洒了我一身，在我心中漾起一片涟漪。我想，在这凛冽的寒风中，花瓣雨纵使富有诗意，但终无奈落红多少带点凋零的凄楚之意，似乎让人伤感得有些心痛，因为凋零就意味着一切归零。

我不禁有些惆怅，看着那一树俏丽的寒梅，为缤纷的落英而深深叹息。

寒梅无言，只是静静地看着自己粉红的花瓣从树上纷纷飘落，星星点点地碎了一地，却依然在阳光下顾自绚丽，全然没有丝毫的惊慌失措。

南宋爱国诗人陆游在《卜算子·咏梅》中对寒梅的落花叹道："零落成泥碾作尘，只有香如故。"清代著名诗人龚自珍在《己亥杂诗·浩荡离愁白日斜》中则似乎在落红中找到一种人生的豁达释怀："落红不是无情物，化作春泥更护花。"

也许，花开花落是人生的一场宿命。该绽放的，谁也挡不住绚丽的激情；该离去的，谁也无法挽留匆匆别离的脚步。人生的际遇就像一场风花雪月的邂逅，激情浪漫过后就是永恒的别离，所以随遇而安，始终坚信唯有"香"如故，心魂才永在，让心魂在生命的轮回中不断升华，涅槃出一朵盛放的花。

此刻，风中的花瓣还在纷纷飘落。我看到花瓣飘飞时，先在空中悠悠地打着旋儿，似乎在同寒梅作深情的告别，但在快要触地的一刹那，带着雨珠的花瓣在阳光下闪耀着粲然的光芒，流星般地飞速划过一道美丽的弧线，然后兀自坠地，竟然如此决绝，如此悲壮，如此凄美。

寒梅，那种飘落时洒脱从容、宁静自信、恬淡安详的绝唱般的姿态，从此在我心中永远定格成一道壮美的风景，一首醉人的诗篇。

从盛开到凋落，寒梅，也仿佛让我的心灵经历了一场绝美的人生洗礼。

注：此文发表于《青年文学家》2021年03期（上），总第751期，后入选2022年天津市中考语文试卷，并入选2023年海外孔子学院《阅读》教材（汉英对照本）、英国牛津大学出版社教材、上海教育出版社《家国情怀》教辅，被《意林》2023年第5期选载。

寒 松

元旦这天虽冷，但天气晴好。约上友人雄，驾车游瑞安福泉山森林公园，寻觅寒冬美景。

汽车沿盘山公路蜿蜒而上。我们一路看到的尽是在寒风中瑟瑟发抖的树木，有些已经落尽叶子，变得光秃秃的了，已经难以寻觅寒冬那种令人震撼的冷峻之美。

山巅冷寂而空阔。一片苍绿郁郁的松林，在寒风中漾起翠色涟漪。

蓦然，一抹闪耀的翠绿跃入眼帘，蓝蓝的天空之下，高高的山巅巉岩之上，居然兀立着一棵碗口粗的雄劲寒松，沐浴阳光，苍翠挺拔。

阳光倾泻而下，寒松苍劲的树干泛起了金色光芒。褐黄色峰塔式松果，悬垂于伞状翠绿树冠，随风轻轻摇曳。

这棵兀立山巅巉岩的寒松，虽然没有精致漂亮的造型，但枝干粗犷苍劲。阳光照耀下，灰褐色树干上厚厚的树皮已经开裂，布满了黄绿相间的树苔，犹如片片龙鳞。枝条兀然分叉，宛若闪闪发亮的坚挺的龙角。

寒松深深扎根于黄黑相间的坚硬石罅之中，舒展苍劲枝干，直指蓝天。寒松俯瞰足下密林郁郁的幽深山谷，凝视飞云江水的闪亮黄“带”，遥望绵延起伏的苍莽群山，它昂首屹立，豪迈雄强。

山巅冷冷清清，尤其浙南的寒风阴冷，手指僵硬得刺痛。寒松，身披阳光，兀立于寒风萧萧的巉岩，仰望苍茫蓝天，仿佛神光闪耀、跃跃欲飞的雄健真龙，凌云之志豁然而出。

这棵兀立山巅巉岩的寒松，总在奋力与恶劣地势、严寒坚强抗争。它不能择地生长，只得默默忍受严寒，从未停止生长，从不减蓬勃发展态势。纵然立足贫瘠坚硬的石罅陋地，它也能牢牢深扎根须，奋身向上挺直枝干，生机勃勃，枝繁叶茂。即使身处冰冷透寒之境，它细长的针叶也一簇簇、密匝匝、齐刷刷地撑开，柔韧而锐利，它的细枝更是密布尖尖的疙瘩，在阳光中闪耀寒芒，如万点剑光，刺破严寒，凛然逼人。

寒风的长期打压使寒松的树干有些弯曲，显得斑驳沧桑，树根旁也落了一地发黄的松针。

寒松独立于山巅，默默无言，如哲人般沉思。

隐隐传来潺潺流水声，几朵白云从深谷悠然升起，好像恬淡飘逸的云游仙子信步而来。没有鲜花盛放的热捧，没有鸟雀婉转的鸣唱，在这寒寂的山巅，寒松此刻似乎有些落寞。

但令我万分惊奇感叹的是，这棵兀立山巅巉岩的寒松，居然能屈能伸，豁达大度。它把根须牢牢深扎于黄黑相间的石罅之中，而让树干努力面向寒风。它先略微弯曲，然后悄然迂回，以崭新角度猛然向蓝天耸起坚毅果敢、饱经沧桑的枝干，展现了一种豁达洒脱的大丈夫气概。寒松，此刻已经把落寞融于豪逸放纵之中，在潺潺流水和悠悠白云的倾心陪伴下，沉静而安详。

倏地，山巅激荡起强劲的寒风。阵阵松涛接踵而至，由远及近，涨潮般涌起层层碧波，此起彼伏，滚向苍茫天际。“沙——沙——沙”，那是来自幽谷深处因寒风摩擦而起的松涛，仿佛从松林深处发出的幽幽心音，如琴瑟合奏，若诗人浅吟低唱；“哗——哗——哗”，那是来自苍莽群山随寒风呼啸而至的松涛，犹如松林的呐喊，万马奔腾，雷霆万钧，瞬间卷起千堆碧浪，汹涌澎湃，气势磅礴，浑厚雄壮。

阳光下，那棵兀立山巅巉岩的寒松，在阵阵呼啸的松涛中舞动苍翠的躯干，劲健而挺拔，展示出一种雄浑奔放的生命激情。

瞬间，我的心灵被深深震撼了，震撼于寒松动人心魄的奋斗精神、寒松的伟大梦想、寒松的凛然气势、寒松能屈能伸的丈夫气概、寒松雄浑奔放的生命激情。

寒松，历来是文人墨客赞叹的奋斗偶像。唐代诗人杜荀鹤怀才不遇，在《小松》中吟道：“时人不识凌云木，直待凌云始道高。”仕途坎坷的北宋大文学家苏辙在《服茯苓赋》中写道：“寒暑不能移，岁月不能败者，唯松柏为然。”

兀立山巅的寒松啊，此刻沐浴着灿烂阳光，迎着凛冽的萧萧寒风，从容仰望苍穹，让苍翠雄健的身姿奔放旋舞于高高巉岩之上，昂然挺立于坚硬石罅之中，在严酷寒冬中淋漓尽致地展现着令人震撼的冷峻之美。

孤　竹

早春，我沿着溪谷羊肠小道，怡然信步而游。

溪谷上窄下宽，墨绿色的小溪从窄窄的山谷密林深处潺潺而出，在溪岩上欢快跌撞、跳跃、流淌，浪花飞溅，仿佛叮叮当当地哼唱而下，泻入宽广的下游，蜿蜒而去。布满鹅卵石的溪滩，长着葱葱郁郁的杂草和小树，周围是密匝匝的苍郁树林。

蓦地，一丛鲜嫩的翠绿跃入眼帘。

那是一丛清纯秀美而坚挺的竹子。它远离杂草、小树和密匝匝的树林，仿佛被世界遗弃，孤零零静立在深谷溪滩的空旷之地。几根纤细的竹子指向头顶那一角蓝蓝的天空，虽然竿头有些被冬日谷风削平了，但依然坚韧挺立，只是多了些沧桑之感。翠绿的叶片鲜嫩欲滴，黄绿相间的竹干略带几缕黑色竹斑，清润而光滑，透出清纯秀美的气韵。

孤竹落了一地浅黄色的枯叶，一朵洁白的云在其上方悠然飘荡。

对面是一大片高大挺拔的楠竹林。当看到碗口粗的楠竹被山里人砍下，然后被紧紧扎成竹排，顺溪而下，飘逝于山下广阔的江河，不知孤竹是否在想：小小竹排在江河纵情飘荡，深谷外的世界一定很精彩。但它实在太弱小了，只能孤处深谷，无缘外面的精彩世界。

暖暖的阳光穿过峡谷，静静地照着孤竹。倏忽吹来一阵山风，带露的竹叶轻轻摇曳着，在阳光下闪动着璀璨的绿光，那是一种发自孤竹内心深处怡然自得的快乐，一种源自其宁静安详心态的豁达。

我不禁想到了以画竹著称于世的清代书画家和文学家郑板桥。作为“扬州八怪”的代表人物，在他的笔下，虽只寥寥几笔，却已经不是眼中之竹，而是心中之竹，是其人格的象征、情感的寄托、心灵的触动。而竹子的顽强精神、高风亮节、洒脱豁达……这一切，均源于郑板桥情系百姓、廉洁清正的人格魅力和美好情操。在山东范县、潍县做县令期间发生了大饥荒，他一面开仓赈灾，一面以工代赈，同时平抑物价，自己也节衣缩食，为饥民捐出官俸。他还革除弊政，处处维护百姓利益，从而深得百姓拥戴，但也由此得罪权贵，最终被贬官。他看透官场黑暗，愤而辞官，卖画为生。当他离开潍县时，在一幅竹石图上题诗：“乌纱掷去不为官，囊橐萧萧两袖寒。写取一枝清瘦竹，秋风江上作鱼竿。”郑板桥借竹抒发了自己弃官为民、淡泊名利、清正豁达的心态。

郑板桥历经人生坎坷，所以竹就成为他借物抒情、托物言志的艺术创作的重要题材。他是孤独的，因为辞官后，再没有了前呼后拥的显赫，但他依然心系苍生、刚正不阿，在艺术创作和大自然的怀抱中也得到了人生乐趣和精神升华，他的作品处处闪耀出一种至纯至美的心灵之光。

达则济天下，穷则善其身。也许，竹子就是郑板桥真实的人生写照吧。

此刻，孤竹依然静静伫立，清纯秀美而又坚挺。

深谷中忽然传来几声悦耳婉转的鸟鸣，仿佛几滴墨渍，瞬间把孤竹洇晕成一幅静默的写意画。

孑然一身的孤竹啊，如郑板桥笔下的“清瘦竹”，坚挺于深谷溪滩，尽展清纯秀美之气韵，即使精彩的梦想遗弃了你，即使林间世界远离了你，但你的内心依然充满了一种纯真的快乐，得到了精神的升华，因为你至少拥有一片蓝蓝的天、一朵白白的云、一束暖暖的光、一缕清清的风、一声声悦耳婉转的鸟鸣和潺潺流水的哼唱……

夕照·泊港·孤舟

一个人感到孤独时，喜欢独自到飞云江边走走。

江边有一个小小的泊港。一只蓝色的木制小渔舟披着金色的夕照，就静静地停泊在这里。

这是一条东流入海的大江。江面空荡而苍茫，似乎有些寂寥。

金黄色的夕阳兀然独伫西边对岸山峦之巅，也似乎有些落寞，但那璀璨的光芒倾泻而下，仿佛在黄浊的江面上抛洒下一大片金币，江水泛起了粼粼的波光。

已经退潮，小渔舟就搁浅在那片被夕照染成金色又有些开裂的滩涂上，在空荡苍茫、寂寥落寞的背景下，烙下一个形单影只的剪影。几只青色的裹着黄泥的小螃蟹从洞中探出脑袋，看看四周，似乎发现了这个美妙的黄昏时刻，于是悄然钻出来，然后在金色的滩涂上爬来爬去，怡然自得。

开始涨潮了。翻滚的浪花闪耀着金子般的光，哗哗地轻轻拍打着滩涂和舟板，仿佛一位母亲在哄着这只孤独的小渔舟进入甜蜜的梦乡。

我想，也许这只孤独的小渔舟在海上航行时有过收获和喜悦，但也曾历经迷茫困顿和风风雨雨，那是一种怎样的颠沛流离和奋力搏击的情景啊！

现在，小渔舟终于归港了，安憩在这个小小的泊港。夕阳不语，群山无言，除江浪与滩涂轻拍呢喃外，在这个没有人打扰的小小泊港——那个金色世界里，这只孤独的小渔舟顷刻被一个温馨、宁静而安详的怀抱爱抚、温暖，于是所有迷茫困顿的倦累和风风雨雨的苦难都渐渐消融殆尽，变得更加轻松自在、淡定从容和开心快乐。

蓦然想到北宋大文学家、政治家苏轼的《临江仙·夜饮东坡醒复醉》：“夜饮东坡醒复醉，归来仿佛三更。家童鼻息已雷鸣。敲门都不应，倚杖听江声。长恨此身非我有，何时忘却营营？夜阑风静縠纹平。小舟从此逝，江海寄余生。”

这是苏轼因“乌台诗案”于公元1082年9月谪居黄州时的即事抒情之作，写作者夜醉回到居所时，被沉睡的家童关在门外，只得孤独地拄杖静立于夜深的长江边，触景生情：自己满腹才华，却几经挫折，蒙冤获罪流放，饱受人情冷暖。他希望远离名利场，归隐江湖，出入于阡陌之上，放浪于山水之间，从大自然中领略美，感悟人生的哲理，在旷达超然的孤独人生中，寻觅恬淡人生之心灵泊港，享受内心的温馨、宁静和安详。

法国著名启蒙思想家卢梭在饱受孤独人生的种种磨难后，在他的伟大作品《一个孤独的散步者的遐想》中感慨道：“在一天当中，只有在这孤独和沉思时刻，我才能充分体现我自己，自由自在地属于我自己，能毫不含糊地说自己正是大自然所希望造就的那种人。”他不断激励自己：“嘈杂喧嚣束缚扼杀我的感情，而宁静平和则使我振奋激扬。”

起风了。远方江海相接处，水天茫茫。浪花不断卷起，滚来，卷起，滚来，闪耀着充满诗意的淡金色的光芒。在这温馨、宁静而安详的小小泊港，那只孤独的蓝色小渔舟，在粲然夕照下，似乎是伴随着浪花轻轻拍打的摇篮曲，深深地沉浸在甜蜜的梦乡。

我想，孤独，是否也是如这样美好的心灵泊港？在温馨、宁静而安详的心灵自我爱抚中，迷茫困顿的倦累、风风雨雨的苦难终将渐渐消融，遥望，人生依然有催人向往的诗与远方。

注：本文入选2023年海外孔子学院《阅读》教材（汉英对照本）。

冬夜，荒野上那一片动人的月光

冬夜，万籁俱寂的时候，我喜欢在瑞安郊外的荒野上独行。

远方，有一轮皎洁的圆月默默地挂于深蓝色的苍穹。它的下面，是一片广袤而宁静的荒野，而且一直向地平线延伸，与苍穹相接，朦胧而遥远。

月下的荒野是光秃秃的一片。我见不到缤纷的鲜花，亦觅不到一棵嫩绿的野草。但我分明看到那裸露在月光下的黑色泥土透出一片珠玉般莹洁的光。那光纤尘不染，粲然夺目，让我有一种远离尘嚣的感觉。

月光悄无声息地照在身上，柔和而细腻，仿佛已沁入我身体的每一个细胞，令我的每一根纤纤神经都变得敏感。在这样一个冰清玉洁的世界里，我看不到灯红酒绿，感觉不着尔虞我诈，深深体味到的是那种生命与自然相交融的和谐和美好。徜徉于这样一片圣洁的月光中，生命中的一切虚伪和浮躁、烦恼和忧伤仿佛都被月光洗涤得荡然无存，心灵变得通透和明净，平和而安谧，从心底升起一种幸福感。

月光洒落荒野总是那般洒脱、热烈而奔放。也许是光秃秃的荒野没有树林阻隔，抑或无花草遮掩的缘故，总之，月光是浩浩荡荡、长驱直入地从天上泼洒而下，又密匝匝地涌向四面八方，在茫茫的荒野上熠熠生辉，如纤纤雨丝，若点点星光。漫步于这裸露、坦荡的荒野，我仿佛被月光所包裹、所融化，那酣畅淋漓的感觉一直在全身的毛孔渗透和扩张，生命似乎张扬起一种脱缰的野性，勃发出不可抑制的激情，在心原上不断地冲撞、奔突。

这是一片光的海洋吗？这是一种力的展示吗？

月亮默然，我亦无语。但我深深知道，这是一种质朴直接而简单、平实而坦然的方式。也许，生命正是因为有了这种质朴方式的切入，才被唤起那种源源不断、穿透一切的最本质的心灵力量吧。

荒野上有一条河。那是一条在月光下静静流淌的河，圆润的月亮倒映在水中，沉静得如一位冷艳的睡美人。我似乎听到了月光悄然落在河面的声音，那是一种怎样奇妙的声音啊？一如佛家的禅语，你只能用心地去品味，却无法诠释这一切。

起风了。不时有轻微的风从河面吹过，河面泛起了粼粼的波光，似乎弥漫起一片淡淡的蓝雾。我看到那水中月一会儿被吹碎，一会儿又被完整地合上。但天上月依然沉默着，静穆而从容，仿佛什么事都没有发生过一样。我猜不透它的心思。我似乎听到了宇宙和地球的运转，舒缓、沉重，带着恍若无形的节奏。我甚至听到了自己心灵深处的声音，似乎正述说着什么。难道那深邃的月亮光芒已洞穿了这冥冥中的一切吗？

月光下，我在荒野上发现一棵树。那是一棵非常孤独的树。它高大、挺拔，虽然已落光了叶子，但月光下那粗壮黝黑、爆满硬茧的枝杈高高地举向苍穹，而且一直向四周伸展，仿佛一个桀骜不驯的斗士，就那般傲然地挺立于空旷的荒野之上。

月亮当空，发出白得泛蓝的光。冷冷的月光如霜般洒落在那棵突兀的树上，使树闪现出凛然的寒光。那种光芒令人有一种肃然起敬的感觉，犹如一柄锋利的剑，向这沉寂黑夜发出重重一击，有了震撼人心的冷峻之美。

夜色，愈来愈浓了。但荒野上那一片动人的月光，仿佛已穿透了这沉沉的夜色，在我生命的地平线上绽放出一种炫目的美丽，实现了无言的永恒。

注：本文于2000年8月荣获“千禧杯”全国诗歌散文大奖赛二等奖。

冬阳散章

红日安顿你心灵的家

冬天的太阳初升时，总是圆圆的、红红的从东方地平线上冉冉升起。

一条细长的带露树枝从高高的山崖上横伸而出，湿淋淋、颤悠悠的。

红日似沐浴一新的新娘，披着圆圆的红头巾，略带羞涩地站在那里，脉脉含情地遥望苍茫大地。

山下的城市又开始了新一天的忙碌，依然是车水马龙、熙熙攘攘。

人们行色匆匆，笑意荡漾在每张充满朝气的脸上，犹如这冬天初升的太阳。

昨夜，你或许为自己经历了太多的不幸而哭泣，但这难熬的黑夜终究会过去，拥你入怀的依然是这轮每天崭新的太阳。

红日就是你美丽的新娘，无论你的心流浪多久，总能给你一个温馨而充满希望的家。

阳光下演绎的斑斓故事

羞涩无法掩饰阳光的绽放，冬阳迸射出钻石般的光芒。

阳光踮起脚尖，蹑手蹑脚地爬上树梢，悄悄在枝丫间与树叶喁喁私语。

冬天的阳光是澄澈明净的，像水洗过一样，纤尘不染。

它穿透了树叶，使树叶变得非常透明，每片树叶都隐约看透了彼此的秘密。

阳光顽皮地在树枝间跳跃，闪烁着缤纷的光晕，使树林变得有些迷蒙。

但阳光的语言非常明澈直率，仿佛天籁，击穿一切。

我们无法破解，或许只有树叶才能懂得。

小溪在或黑或黄的岩石间潺潺流淌，山谷寂静得似乎只有林间鸟雀啁啾。

一片红红的掌形树叶随风从溪边树上轻悠悠飘落下来，在水面发出细碎的声响，仿佛朝阳光轻轻吹了一声口哨权当告别，然后就在溪水湍急的旋涡中打着转儿，匆匆飘然而去。

此刻，顽皮的小鱼竟都静静地卧在或红或褐或带绿苔的鹅卵石上一动不动，默默地注视着前方溪水上色彩斑斓的阳光。

也许，通过这一刻与阳光私语，你才感觉世界竟变得如此纯净透明，感叹岁月静好。

你会深深感恩阳光。

阳光里一切蕴含禅意

冬天的阳光坦荡而洒脱，似乎略带粗野。

这时候，广袤的荒野早已洗尽了春夏的奢华，裸露出真实面目，即使是小小角落，亦一览无余，该峥嵘的峥嵘，该粗犷的粗犷，该弯曲的弯曲。

阳光洋洋洒洒，似万亿颗小小钻石，从蓝湛湛的天空纷纷坠下，如烟似雾地在草叶间弥漫起一片璀璨，闪耀着夺目的光彩。

太阳的光芒浩浩荡荡，倾泻万里，谁也无法躲避，谁也无法遮挡，谁也无法隐藏。这势不可当、长驱直入的光芒，顷刻间就击碎了任何阴谋、卑鄙、龌龊，并最终将其纷坠的一切碎片消融殆尽，让其消遁无踪，整个荒野都被洗荡得那么清新旷远、明亮磊落，连空气都流淌着干净的味道。

沉甸甸的金色麦穗早已不见，田野裸露出松软而富有弹性的黑褐色土地，带着淡淡的泥土清香。

红的、黄的树叶静静地在山谷飘落一地，似乎在阳光下细品着归根后的宁静和安详。

如果说春是天真烂漫的童年，夏是激情飞扬的青年，秋是睿智成熟的壮年，那么，这阳光下的冬天是否就是我们期待的禅意晚年？

阳光是善意的，你是快乐的

与阳光不期而遇并相拥，即便小小一方，亦足以使身心明媚灿烂。

你的身体仿佛羽化了一般，轻盈、温馨而怡然。

阳光似乎渐渐沁入了你身上每一寸皮肤，渗透了你身上每一个细胞。

它直抵你心灵深处，照彻了黑暗，轻轻抚平了你内心的累累伤痕。

此刻，你的心灵徐徐展开的就是一个广袤平坦、清净自在的光灿灿的世界。

柔软的爱意开始在你纯净的心里生根疯长。

快乐的嫩芽亦在你松软的内心勃勃地滋生。

阳光是暖融融的，非常善意。

无论是穷人，还是达官显贵，在这充满善意的冬日阳光下都是公平的，谁也无法将其攫为己有。

最重要的是在你人生失意落魄或者绝望无助时，这片暖融融的阳光也许会让你真切地感受到刻骨铭心的爱意，带给你随遇而安的慰藉和身心的愉悦。

与阳光结伴前行，你不再孤单

走在静谧的小道上，你会感觉冬天的阳光是那么坚定与执着。

无论枝杈如何努力，阳光总能千方百计地从缝隙间抵达，在路面投下明晃晃的光影。

没有风，亦没有鸟鸣，小道一片静寂。

唯有冬阳剑芒般的目光一直默默地注视着你，如一位沉默睿智的智者，一直引领并伴你走过幽暗，走过沉寂。

你的脚步轻轻踏着铺满阳光和厚厚落叶的松软路面，发出簌簌声响。

你的思绪让轻盈的脚步敲击出星星般的闪闪灵光。

于是此刻，这世界有一种最美妙动人的音符，仿佛洞穿了这幽暗和沉寂，在阳光下粲然纷坠。

你的身影，被阳光拉得很长很长。

与阳光结伴前行，你变得更加沉静从容，不再孤单。

冬阳的辉煌与落幕

我想，无论是谁的人生，辉煌终有落幕的一天，就如这冷峻冬天里渐渐坠落的夕阳终将离去。

此刻，夕阳就伫立在天边，在静静的湖面随手抛洒下一长串金币般的光芒。

起风的时候，湖面荡漾起一片片涟漪，泛起了粼粼波光。

阳光与冷冷波光交相辉映，漾起，散开，又漾起，又散开，难道是夕阳在表达对大地的深深眷恋与缤纷思绪吗？

我不知道这冬天落日的心思，但我懂得太阳有升有落，无论怎样依恋和不舍，终有坠下地平线的时刻。

冬天的晚风有些冷寂，就如我此刻对人生的冷峻深思。

是的，人生有些东西该舍弃就舍弃吧，只要回归灵魂的深处不断升华，实现华丽转身，明天升起的又是一轮崭新的太阳。

注：本文入选2023年海外孔子学院《阅读》教材（汉英对照本）。

仰望星空

敬畏星空

躺在草坪上，我默默地仰望星空。

苍穹广袤而深远。

点点繁星，犹如一颗颗蓝宝石，镶嵌在深蓝色的天幕，闪耀着幽蓝的光。

山顶上的那块草坪面积很小，但非常柔软，是充满张力、富有弹性的那种，躺在上面，有种躺在席梦思上的感觉。

一个人，就这样孤独地躺在那小小的草坪上，头顶上方是浩瀚的灿烂星空。在这辽远苍茫的天地间，蓦然觉得自己是那么渺小，如同宇宙的一粒尘埃。

浩瀚灿烂的星空弥漫着一种亘古不灭的气息。

星光穿过浓黑的夜幕射在草叶上。

透过星光，我仿佛看到了人世间的种种悲欢离合，看到了在刀光剑影的历史舞台上纷纷登场的各种人物，以及由此演绎出的历史必然规律：那些奸邪卑劣、残暴霸蛮之徒，尽管显赫一时、独霸一方，但随着飞逝岁月的无情磨砺，终将湮灭在历史长河之中，唯有那些胸怀坦荡、正气凛然的伟人豪杰，在历史的星空中才能永远放射出璀璨的光芒。

于是，仰望着头顶上方浩瀚灿烂的星空，我顿生一种深深的敬畏。

星光雨

躺在草坪上，我默默地仰望星空。

星星不说话，只是静静地注视着我。

柔和的星光紧密地裹着我，轻轻地，让我如同进入甜蜜的梦乡。

没有嘈杂，没有喧嚣，空气中流淌着山间的清香。山谷里那条小溪潺潺流淌着，更增添了夜的静谧和神秘。星光落在清亮的溪水里，溅出了星星点点的光，在波纹间闪烁。

细密的星光雨酣畅淋漓地洒了我一身，渗透了我每一寸肌肤，每一个细胞，直抵我内心深处，使我的思想变得更加明澈和纯粹，整个世界在我面前渐渐显现出真实面目：绚丽的，平淡的，丑陋的，复杂的，或欢笑，或悲泣，或愤怒，或委屈，或激奋，或胆怯……

此刻，我沐浴着星光，思绪就像一个精灵，飞舞在温馨而宁静的浩瀚星空。那个纯净、透彻、亮丽的星光世界，让我深深体味到暖暖的、纯美且超凡脱俗的意境，让我深刻思考并感悟人生。

我深深感谢星光，因为在我孤独无助时，是温馨的星光给予我心灵柔柔的慰藉；在我焦虑不安时，是宁静的星光教会我从容直面的沉着；而在我迷茫绝望时，又是纯净、透彻而亮丽的星光让我看透了人生，望到了远方那片亘古不变的灿烂……

星际传奇

躺在草坪上，我默默地仰望星空。

星辰在天幕上闪闪烁烁，似乎在向我传达着某种神秘的信息。

我极力破译，从星空的变幻中，最终破解了这神秘的宇宙信息——多么神奇的星空啊!

这浩瀚的星空，在我眼中不断变幻着奇妙的形状，演绎着扑朔迷离的星际传奇：北斗是一个配合默契的团队，由七颗星星组成，像一把巨大的银勺子，勺柄直指北方，指示着方向，而勺头则在浩瀚灿烂的银河里舀水，不断地供给广袤无垠的星际世界。银河两岸，牛郎与织女在各自的位置深情遥望，彼此思念。远方，似乎有一位美貌的仙子在仙女座和天琴座之间悠悠弹着仙琴，而伴着悠扬的琴声，一只美丽的天鹅正在翩翩起舞。这时，一只淘气顽皮的小熊在北天极里忘情地玩耍，它不知道危险正在悄悄向它逼近。因为一只丑陋的大天蝎正伸出它恶毒的大钳子，偷偷刺向那只可爱的小熊。幸好，被旁边那位侠义的射手发现，他举箭瞄准天蝎……

人世间不也是如此吗?

美好与丑陋总是共存的，正义与邪恶也会同在，但美好和正义，最终会战胜丑陋和邪恶，天地人间才能稳定有序地持续自然运行。

星星与草叶的爱情

躺在草坪上，我默默地仰望星空。

星星遥望着山顶的草坪，一往情深地注视着草坪上那片嫩绿色的草叶。

嫩绿色的草叶带着晶莹的露珠，裹着明亮的星辉，脉脉含情地凝望着遥远星空中那颗闪烁的星星。

星星和草叶彼此沉默，深情对视，在这无言的时空里定格了永恒的爱情。

起风了。微风在山谷簌簌作响，我仿佛听到了星星与草叶的喁喁私语。

草叶说：我仰慕你的亮丽。

星星说：我爱慕你的纯净。

草叶说：我深爱你，可是你太遥远，我无法得到你。

星星说：我在遥远的天边，无法走近拥有你。我只能用清辉拥抱你，默默地去爱你。

草叶说：拥有你的清辉，我感受到你遥远的关爱，我很幸福，也很快乐。我想，只要我的根还在，即使大自然给予我一次次无情的毁灭，我也总会在千年的轮回中永远爱着你。

星星说：那就让我为你跳一支舞吧！

说完，只见深蓝的夜空蓦地划过一道优美的流星弧线，犹如一朵璀璨的宝石花，绽放在浩瀚的星空，潇洒而飘逸，绚烂而壮丽。

这时候，草坪上那片带露的草叶好像被流星的壮举感动得哭了，于是在风中不停摇曳，拼命地向流星挥舞起嫩绿的手臂，而晶莹的泪珠早已滚落一地……

启明星

躺在草坪上，我默默地仰望星空。

在这黑夜与黎明交接之际，群星都隐退了。

山间也起了雾。雾气越来越浓，越来越大，不断飘向茫茫苍穹，使天地变得更加混沌。

黎明前的夜，更暗了。

蓦然，就在那遥远的天边，我居然发现了一颗又大又亮的星星——

哦，启明星！那是一颗怎样璀璨的星星啊！

它的光虽然没有太阳那般的辉煌，但也非常耀眼，是那种宝石蓝；它的光也没有月光那样的柔绵如水，而是坚定、执着，默默地在天边放射着美丽的清辉。

传说，很久以前，天上的太阳被一条天狗吞吃了，天地一片黑暗。为了让太阳重新出现在天空照亮天地，有一个叫启明的人就去杀天狗。他与天狗大战了三天三夜，坚信自己一定能够战胜天狗，凭着这个坚定的信念，他最后用剑把天狗杀死，并剖开了天狗肚皮。就在太阳从天狗肚内跳出重现在天空之际，他却永远倒下了，化为天边最大最亮的金星。每到黎明前最黑暗的时刻，它就以自己的光为路人指引。后来人们为纪念这位大英雄，就称这颗星星为启明星。

启明星是信仰和理想的象征，是鼓舞人们战胜人生一切磨难的希望之光。

我想，在人生至暗之际，只要心存希望，永不言弃，只要坚毅沉着，砥砺前行，就一定能成功到达人生新起点，去拥抱那轮红彤彤的初升太阳。因为，在前方，启明星一直在照耀着你远行的路。

注：本文入选2023年海外孔子学院《阅读》教材（汉英对照本）。

听　秋

秋意渐浓，窗外不觉已是万籁俱寂。

此般沉寂的秋，还能听到秋天的声音吗？

我突发奇想。

“欧阳子方夜读书，闻有声自西南来者，悚然而听之”，读欧阳修的《秋声赋》，发觉“秋声”是一幅肃杀的悲秋景象。

但我观赏了颇多的秋之丽景，觉得其中应该蕴藏着秋声的美妙意韵，有一种引人入胜的乐秋诗趣。

是悲是乐？

我决定出门随意走走，在这个寂静清冷的季节，真正用心去听一听这奇异的秋声，以寻觅最终答案。

落叶咏叹

深秋的公园，寒意袭来，空寂无人。原来那片绿意苍郁的树林，大多已经或变黄，或变紫，或变红了。

我穿行于色彩斑斓的林间，徜徉于空旷清寂的草坪，在阳光灿烂的公园中自在漫步。

倏然，风撩起了我的大衣。隐约听见从林间传来一阵淅沥声，其声细密若雨，又似零金碎玉。抬眼一看，原来是一大拨树叶，从树枝上悠然飘落，或红，或绿，或黄，或灰，或紫，或尖，或圆，在灿烂的阳光下，在飒飒的秋风中，舒舞身姿，打着旋儿，似纷飞的彩蝶，飘飘洒洒，漫天飞舞，闪闪烁烁，五彩斑斓。纷纷扬扬的落叶雨洒了我一身，痒痒的，酥酥的，又倏地从我身上不断滑落，飘坠在地，发出了轻微的声响，如诗人、歌者发自心灵的浅吟低唱。

这落叶的天籁，澄澈而明亮，穿透了我沉寂的心灵。顷刻，我的心间弥漫起一种豁达从容、恣意洒脱的奇妙感觉。

我静静伫立于公园河边一棵红红的枫树旁。

这是一棵单株独立的小红枫，枝干纤秀，亭亭玉立。那一大簇红红的枫叶，在微风中摇曳，仿佛一幅泼彩画，又如一抹天边燃烧的流霞，更似一曲绚丽的乐章，红得炫目，红得醉人，表现了激情满怀的动人秋韵。我不禁想到唐代诗人杜牧的“停车坐爱枫林晚，霜叶红于二月花”。

一枚掌形的红枫叶从枝干上颤悠悠地飘下来，坠落在水波不兴的河面上，先使河水泛起了一圈涟漪，然后与河水相拥，随流远逝。紧接着，阳光下，一枚、两枚、三枚，片片枫叶飘飘而下，落在河里、地面上。那种落叶声，犹如岩隙间蓦然滴落的泉水声，瞬间在河面和地面间漫起声声绝唱，透出一种超脱尘世般的宁静安详。

我拾起一片红红的落叶凝神静思。这是一枚掌形落叶，锯齿状的边缘有些毛糙，有些干枯，却依稀透出那种干净、浓艳的红色。细细的脉纹遍布叶面，将这枚落叶镌刻成一幅精湛的工笔画，惟妙惟肖，栩栩如生。

叶落无痕，但落叶知秋。聆听落叶秋声，我不禁惊叹于秋天赋予这枚落叶的神韵之美，并由此深深感悟人生——

我想，无论树叶曾经拥有怎样的辉煌，但终究会离树而去，或归坠于深厚的泥土，化作春泥更护花，或者飘逝于繁华的尘世，共拥自然入心怀，而令我深深钦敬的是落叶那种与树木诀别而升华的从容洒脱、宁静安详的生命心态。既然每个人的生命都有注定的归宿，那么不妨努力把自己的生命经历制作成精美的人生书签，放在厚重的岁月书页中，沉淀为一份美丽的生命记忆，最终成就自己的灿烂人生。

奇妙绝美的簌簌落叶，从此成为秋声永恒而炫美的注脚。我要把这枚蕴含秋声神韵的落叶制作成一枚精致的书签，永远珍藏于我的内心深处。

桂香独白

我在一户农家乐吃罢午餐，就随意到店后面的小院走走。

院子里落了一地的枯叶，原来娇艳的鲜花已经凋谢，花瓣就零零落落地覆盖在枯叶上，全然没有了绽放时的勃勃生机。

肃杀的气氛使我感到少许的失落。但就在我转身欲回时，吹来一股冷飕飕的风，我蓦然闻到一缕淡淡的馨香，清清幽幽的，沁人心脾。抬眼一看，我发现在院子的一个角落里，居然还开着一树桂花。那棵桂花树满冠的绿叶间缀着一簇簇、一串串金黄色的桂花，小若米粒，在阳光下如万颗碎金闪耀树冠，在风中似娉婷少女倩舞巧笑。

满树的桂花瞬间点亮了院落，而那清幽的馨香随风吹送，越来越浓郁，蚀骨入魂，绵延不绝。

那是一种多么独特甜美的馨香啊——

幽幽的暗香悠然浮动，浸透了干净的气息和甜蜜的芬芳。那幽香总是悠悠而来，悄然而至，由淡而浓，不比风的迅捷，不似火的浓烈，但有一种通透的清醇和深深的恬静感。那阵阵幽香在不经意间直抵内心，触动内心深处最柔软的地方，于是感觉仿佛有谁在我心灵深处念着动人的独白，周围瞬间弥漫起一种天籁般隽美的诗意。

忽然想起宋代女词人李清照的《鹧鸪天 · 桂花》:“暗淡轻黄体性柔,情疏迹远只香留。何须浅碧深红色,自是花中第一流。”在这里,李清照突出了桂花的“香”之美,赞美它是花中最好的。其实,对于桂香,历代诗人也总是推崇备至。唐代诗人宋之问在《灵隐寺》一诗中说“桂子月中落,天香云外飘”,用桂香象征天宫祥物。而南宋诗人杨万里在《咏桂》中道“广寒香一点,吹得满山开”,也把桂香看作月宫珍贵的“广寒香”。

我想,历代词家诗人之所以如此盛赞桂香,与其可贵的品格有关。

桂花没有牡丹的娇艳,也没有梅花的冷傲,它只是在院角静静绽放,幽然飘香。它没有春花之烂漫,也没有夏花之灿烂,更没有冬花之冷傲,似乎平淡得漫不经心,但从花蕊深处散发出的那种独特甜美馨香,那种仿佛在心灵深处发出的天籁般隽美诗意的动人独白,甜蜜而干净,恬静而清醇,涤心净灵,弥久不散。

寓馨香于平淡,融绚丽于低调,这,也许就是历代词家诗人赞颂的桂花的可贵品格。桂花这种可贵的品格是否可以成为我们人生崇高而伟大的精神追求呢?

桂花无言,只是在院子角落里静静绽放,幽然飘香,而其天籁般隽美诗意的动人独白——那种独特甜美的馨香,从此就成为我心中最为美丽的秋声。

金色梦呓

我沿着乡间小路,信步而行。

柿子是黄中带红的那种,圆圆的,润润的,像一盏盏小灯笼,压弯了树枝。柿子树们叶子落了许多，稀稀落落地伫立在坡头、地边。柚子也开始变黄了，黄中带着淡淡的绿，一颗颗小圆球似的挂满了枝头，但柚子树不扎堆，不成林，只是偶尔出现一两棵。

秋天是收获的季节，这些果实虽然自有美的感觉，但在我看来，似乎缺少了意蕴。

然而，当我步入田垄，铺天盖地的金色稻海扑面而来，瞬间吸引了我的目光。

苍穹是蓝湛湛的，高远而辽阔。广袤的稻田犹如金黄色的壮丽画卷，徐徐展现在我眼前，并在我的视野中不断蔓延，一直延伸向天地相接处。

橙黄色稻谷饱满而圆润，金子般成串地缀在宽扁的叶间，沉甸甸地从稻秆上弯弯垂下来，在夕照中，默默地闪着光，田野上仿佛弥漫着如烟似雾的梦幻般气息。

黄昏的风浸透了秋的寒意，倏忽而来。瞬间，稻海在一望无际的梦幻中轻轻呓语，那涌动的千重稻浪，一波叠着一波，涌向天际。

稻浪滚滚，金波起伏。此起彼伏的稻浪，渗透了稻谷金色的梦呓，轻轻的，悠悠的，仿佛漫不经心，但我分明感受到那种浩瀚磅礴的激情，那种动魄撼人的力量。它穿透沉寂，摧枯拉朽，不可遏制，坚定而沉着。它融夕照熠熠生辉，绚烂、恢宏、瑰丽，让我为之深深震撼和陶醉。

稻田的秋天是壮美的，这是一种大格局的成熟。它不拘泥于柿子红、柚子黄那种小格局的成熟，而是超越一切束缚，在激情浩荡、恣意奔放的金色梦呓中奔涌而出的气势磅礴的壮美秋声。

星虫物语

秋意是越来越浓了。

我漫步于小区花园，寻觅夜色中秋声的神韵。

花园静悄悄的，不见人踪。夜风倏忽袭来，带着深深的寒意。环园的小径，树叶落了一地，轻轻踏过，发出孤零零的声响。原来嫩绿的草地也开始变得枯黄，变得稀疏了。

这时候，我听到草丛中传来一声声虫鸣，时短时长，仿佛是谁哼唱起一支如梦似幻的摇篮曲，冷寂的花园世界，弥漫着一种柔和的温馨。

独立于草坪，我仰望苍穹。

钻石般的星星嵌满深蓝色的夜空，一闪一闪的。星光透过枝丫，雨点般落在草叶上，似乎在与秋虫喁喁私语。

柔柔的星光倾泻而下，草坪上似乎弥漫着一层淡蓝色的雾霭。我沐浴着祥和纯净的星光，让星光雨渗透我身体的每一寸肌肤、每一个细胞。我仿佛觉得荒芜的心田在星光雨的滋润下，慢慢绽开了一朵接一朵的心花。

“一床空月色，四壁秋蛩声”，这是那位以穷愁苦吟著称的唐代诗人孟郊在《西斋养病夜怀多感因呈上叔子云》中关于秋虫的名句。孟郊平生难展抱负，加之生性孤僻，经历中年丧子之痛，命运坎坷，缺失了生活的温馨和快乐，故诗作难免流露悲哀之情，经常出现秋虫的悲凄意象，但遗憾的是，他陷于个人情怀而不能自拔，缺失了那种诗人为时代担当的壮怀。

“星汉灿烂，若出其里。”三国时期的曹操则踌躇满志地写下了诗歌名篇《观沧海》，抒发了自己一统天下的豪情壮志，尽管充满了博大胸襟抱负，但毕竟隐透出野心，缺乏那种祥和纯净的心怀。

我并不懂星星与秋虫在私语着什么，但我能深深品味这温馨、祥和、纯净交融的秋声带来的美好感觉。

此刻，沐浴着祥和纯净的星光，聆听温馨的虫鸣，置身浩瀚的天、地、人和谐一体的星虫物语意境，我觉得自己仿佛化为美好秋声世界的微尘，超脱人生的一切，自在飞翔，快乐至极。

秋声，在我听来，其实是一种引人入胜、极富乐趣的至美至妙的感觉。

欧阳修是唐宋八大家之一，作为北宋的政治家和文学家，虽然成为开创一代文风的文坛领袖，但由于仕途坎坷，所以在散文名篇《秋声赋》中由秋声联想到人生困苦，发出了世事艰难、人生道路崎岖的感慨。

所以，我想，也许听秋声的感觉也随每个人的心境不同而不同。在悲观者感觉，秋声是一种肃杀的悲秋景象，而在乐观者听来，秋声其实是一种颇具美妙意韵的人生乐秋诗趣。

注：本文入选2023年海外孔子学院《阅读》教材（汉英对照本）。

月　悟

关于月亮，尤其是圆圆的月亮，我是有着深深感怀的，不仅在于它带给我美好的回忆，更在于它还带给我深深的人生思考。

金黄色的圆圆夏月，是粲然绽放在童年心空上的一朵美丽的雏菊

我的童年是在瑞安高楼山区度过的，虽然僻陋，但能与小伙伴们玩耍，充满了无限的欢乐。其中尤其难以忘怀的，是儿时山溪捕虾的那种童趣。

在我的脑海中，时常浮现出这样一个美好的场景：

一轮金黄色的圆月高高悬挂在浅蓝色的天空中，犹如一朵灿然绽放的美丽雏菊。我与儿时的小伙伴们沿着狭仄的山路蜿蜒而上，前往山溪捕虾。不远的密林深处，传来潺潺的流水声。我们知道，那条熟悉的山溪快到了，于是大家一路欢笑，朝山溪跑去。

远山静静地兀立着，仿佛一幅静止的水墨画，唯有林草中不时响起的虫鸣和附近传来的蛙鸣，打破山谷的沉寂。

此刻，夏夜的山溪沐浴在月色中哗哗流淌，如快乐的婴儿躺在母亲怀中咯咯笑着，流水声与虫鸣、蛙鸣交织在一起，似乎更增添了山谷的静谧。溪水在皎洁的月光下泛起碎银般的粼粼波光，像一个顽皮小孩，跌跌撞撞地，不时地打着旋涡，沿着时凸时凹的曲折山谷、或大或小的溪岩，

一路欢快地朝前奔淌着。

我们找了一处平缓的溪流作为最佳捕虾地点，开始了捕虾活动。

捕虾时不带任何捕虾工具。先要下溪，轻轻涉进水去，然后用手一一搬开溪石寻找溪虾，因为一般溪虾就隐藏在溪石下面。依然记得我第一次捕虾时，还有些紧张和兴奋，所以预先向小伙伴们实地学习了一些捕虾的方法和技巧。

当我和一个小伙伴打着手电筒，小心翼翼地搬开一块较大的圆圆的黑溪石时，居然在下面发现了一只漂亮的大溪虾。那溪虾很大，净透净透的，在手电筒光的照射下，几乎透明得与溪水一样。如果没有瞧见它头部那对圆鼓鼓的黑眼睛一直瞪着前方，真的很难发现它的存在，可能一不小心，就让它溜走了。第一次捕虾就发现这样一只大溪虾，我别提有多高兴了。小伙伴用手电筒照射着这只大溪虾（据说，手电筒光的照射会导致溪虾失明，以利于捕捉），而我过于兴奋和好奇，生怕它逃走，所以一边屏声静气地观察着它，一边悄悄地用双手呈包围状向大溪虾慢慢合拢。但是，这只大溪虾没有发现危机已悄然来临，在小伙伴手电筒照射的光圈中，依然一动不动地趴在一块红褐色的方形溪石上面，圆鼓鼓的黑眼睛一直瞪着前方，那对灰褐色的大钳子呈三角式弯曲地摆放在身前，长长的虾须在溪水中轻轻摆动，怡然自得。后来，似乎察觉到什么，这家伙居然悄悄地开始后退。我一下子紧张得连手也不敢动了。小伙伴依然用手电筒照射着它，同时又用眼神示意我要镇定。幸好，这只大溪虾后来可能没有发现什么，仅退了一点点，又趴在那块红褐色的方形溪石上一动不动。当我的双手快围拢到大溪虾身旁时，说时迟那时快，我突然双手一合，一下子罩住这只大溪虾，然后轻轻抓起它的躯体，悠然出水，一只漂亮的大溪虾就这样在我手中活蹦乱跳，不断挣扎。

“哈，捉住了！”小伙伴们瞬间发出一声欢呼。声音瞬间响彻了幽静的山谷，传得很远。

这时候，在被我们掠动起的一圈圈溪水中，那轮圆月的倒影，也似乎荡漾起灿烂的笑容。于是抬头一看，哇，浅蓝的夜空中，那轮悬挂着的金黄色圆月亮，依然犹如一朵灿然绽放的美丽雏菊。

童年生活竟是如此美好，恰如这轮高悬在浅蓝夜空中的雏菊般纯净可爱的金黄色圆月。

红红的圆圆的春月，是初盖在青春梦想蓝空上的一枚稚嫩的心章

中学时期，我觉得自己是一个非常努力的人。

因为那时觉得唯有读书才能有一个很好的发展前途。“万般皆下品，唯有读书高”就是二十世纪八十年代的真实写照。于是，我认真复习，积极备考。

我偏文科，而且偏得非常厉害，尤其对作文很感兴趣。我经常向我的大舅舅郑志强先生（当地著名的曲艺创作家）请教创作技巧，并向写作方面比较有成就的当地名家学习创作方法，还很勤奋地参加各类写作学习班，甚至与同学们一起发起成立文学兴趣小组，等等。

一次，语文课上张老师向我们布置了一篇课堂作文《我的理想》。我当场毫不犹豫地写下我的理想是当作家，结果这篇作文竟被张老师当作优秀范文在全班进行宣读，并非常高兴地表扬了我。

这一切，为我今后实现作家理想和选择职业方向埋下了种子。

高考前夕，一个春天的夜晚，我与要好同学小勇相约，去家乡飞云江畔的西山散步。我们登上当时广播站附近一个亭子的铁爬梯，坐在临江的亭子上，畅谈各自的心事。

夜色渐浓，月亮开始冉冉上升。它先是从东方遥远的地平线上露出一点深红色，有些朦胧，接着慢慢展现出一抹玫瑰红，犹如一位等待出场的神秘舞者在头顶挥过一条红头巾。

我们不禁惊诧于月亮初升之美，停止了说话，默默地注视着初升的月亮。

广阔的江面上，黄浊的江水开始滚起小浪涛，哗哗地拍打着江岸沙滩。

月亮不断变幻着色彩，从嫣红变为橘红，又从橘红变为橙红、橘黄。当它完全升起时，竟是浅红色的，圆圆的，犹如一颗被擦拭一新的大红球，潇洒地兀立在遥远的地平线上，在湛蓝夜空的映衬下，壮美极了！

群山静默，沐浴着月辉。

我们默默地注视着月亮，聆听着江水的拍打声，在月色中陷入了遐思。

清新的风从江面上徐徐而来，轻轻的，柔柔的，江南少女般温柔。

“你真的要当作家？”小勇悄悄地问我。

望着圆月，我若有所思地点点头。

是啊，虽然我有如此美好的梦想，但当时谁也不知晓今后的人生会像月亮一样在攀升中不断变幻。

青春时代的理想总是交织着懵懂和羞涩、冲动与激情，犹如这轮初升的红圆月，成为初盖在青春梦想蓝空上的一枚稚嫩的心章，充满希冀，又时常变幻色彩，不断攀升着，努力走向人生的诗和远方。

皎洁的秋月，是中年心事的句号与省略号的抉择，更应该是圆满人生的写意

人到中年，感触颇深。

那年的中秋节，与家人共进晚餐。餐后，一个人独伫阳台，默想心事。

窗外，万家灯火。林草中不时传来虫子的浅吟低唱，似乎带有微微的凉意。

月亮圆圆的，玉一般皎洁，柔和而温馨，像一幅写意画。月光流水般倾泻而下，在阳台上弥漫起一片淡淡的清辉，澄澈而柔和，纤尘不染。

那几年，经历了太多的曲折，有过成功，有过失意，有过快乐，有过悲叹，有过希望，有过绝望。尤其是大病一场后，我更尝尽了人情的冷暖。现在细细盘点，觉得虽然也小有成就，但与梦想终有差距，于是心头蓦然袭上一阵深深的失落感……

起风了。倏然袭来的秋风让人感到一阵寒意，我不禁抱了抱肩。

“回房吧，小心外面着凉！”里房传来妻子关切的声音。

我瞬间感到一阵暖意，不觉眼睛有些湿润。

那几年的奋斗，的确难为我的妻子了。她是一个善良的女人，为了我的事业，包揽了一切家务，为这个家庭日夜操劳，费心费力。我大病期间，她坚强地支撑起家庭所有的责任，担惊受怕，饱受煎熬，不管刮风下雨，她每天坚持在医院与家庭两点一线之间跑来跑去，给我送饭，日夜陪护。我的儿子已参加工作，不仅进取心很强，在事业上努力打拼，而且非

常孝顺。在我住院期间，他竟想向领导提出辞职，专门陪护照顾我。这浓浓的亲情关怀，真的令我感动。

回想起餐桌前儿子那双满是兴奋的眼睛，妻子那张乐呵呵的笑脸，一家人围坐一起吃饭的情景，真是情深意浓，其乐融融。我想，世上还有什么比得上这种天伦之乐的美好幸福呢？

在我大病期间，一些要好同学、亲友的关心和帮助，鼓起了我重新生活的勇气和信心。这一切，难道不也是人生的一种可贵收获吗？

想到此，我觉得释然了。

仰望夜空，依然是那一轮玉一般皎洁的圆月，柔和而温馨，美丽得非常写意，像谁在空中画上的句号或者省略号。我想，无论是句号还是省略号，一切皆取决于心境，但让生活充满柔和温馨的爱意，其实应该是圆满人生的永恒主题。

雪色的冬月，是昭示宁静恬淡、明净安详的人生价值的密码

杭州下了好几天雪，到今日傍晚时才戛然而止。

我决定到小区看看雪景。

雪后的公园，白皑皑一片，地上铺着厚厚的积雪，草坪、树木上躺着、挂着一个个雪球。

一轮雪白的圆月悬挂在深蓝的苍穹之上，默然沉思，冷峻地扫视着白茫茫的大地。

雪色的月光剑一般地闪烁着芒尖似的寒光，穿透了沉郁的黑夜，仿佛在草坪、树木上那一个个雪球内，亮起明澈的灯，使雪球变得更加晶莹剔透。

雪色月光下的公园，万籁俱寂，一片雪白的苍茫。空气变得清新而干净，肮脏无踪了，嘈杂消失了，完全成为一个宁静恬淡、明净安详的银色世界。

忽然想起唐代著名诗人柳宗元的《江雪》:“千山鸟飞绝，万径人踪灭。孤舟蓑笠翁，独钓寒江雪。”这首著名的五言绝句，描绘了一个幽静寒冷的雪景画面：在下着大雪的江面上，一个老渔翁，坐一叶小舟，在江心独自垂钓。天地之间是如此纯洁而寂静，一尘不染，万籁俱寂，渔翁的心性如此清高、孤傲。

这个雪景画面意境深邃浩渺、寂寥苍茫，表达了诗人对宁静恬淡、明净安详的精神世界的追求。

《江雪》这首诗作于柳宗元谪居永州期间（805—815）。

唐顺宗永贞元年（805），柳宗元参加了王叔文集团发动的“永州革新”运动，推行内抑宦官、外制藩镇、维护国家统一的政治措施。但由于反动势力的联合反对，改革很快失败，柳宗元被贬为永州司马，流放十年，实际上过着被管制、软禁的“拘囚”生活。险恶的环境压迫，并没有把他压垮。因为仕途的不顺，他就把人生的价值和理想志趣寄托于诗歌。于是，《江雪》就成为其中一首最能代表他当时心境的杰作。

由柳宗元的人生际遇，我想到了很多身处逆境的古代名人。他们中有很多人终其一生都在科考政治道路上苦苦奋斗，虽然能够成功地为自己谋得一官半职，但总因为种种原因受到排挤而遭到罢免、贬谪，经历人生的种种磨难。比如，身陷“乌台诗案”而差点丧命，并一次次被贬的北宋政治家、文学家苏轼；比如，好不容易考上功名，结果深陷“牛李之争”旋涡而满身委屈无处诉说的唐代著名诗人李商隐。他们的命运几乎惊人地相似，但结局各有不同，有的人经历挫折后开始消沉，有的人看得平淡，最终通过豁达的人生志趣完成了自己圆满人生。譬如高吟“先天下之忧而忧，后天下之乐而乐”的北宋政治家范仲淹，虽然被贬为地方官，但最终以《岳阳楼记》等名篇奠定了其在中国古代文学史上的地位……

达则济天下，穷则善其身。也许，这就是古人总结出的处世哲学。

“哇，好美的雪月亮！”这时，从阳台的窗口突然传来一个小孩稚嫩的声音。

顺声仰望，深蓝色的苍穹上，依然高悬着那轮惹我沉思的雪色圆月亮。它目光冷峻，澄澈而亮净，照彻了公园那方美丽的银雪世界。

于是，蓦然感悟：当人生与辉煌无缘，一切的一切其实都已成为过往，与其追悔，不如去重新觅得一种宁静恬淡、明净安详的豁达人生志趣，也许只有这样，才能最终解开人生价值的密码。

第二辑

思乡怀故

端午飘香

粽子飘香时，端午节又如期而至了。

端午节由来已久，由于是农历五月初五，所以在我的家乡——浙江瑞安，人们又称端午节为重五节。

在我儿时的记忆中，端午节是一个满城飘香的美好节日。

粽子是端午节最典型的飘香美食。记得我祖母在世时，每到此时，就与左邻右舍的婶婶婆婆们一起围坐在盛放有糯米的大木盆周围，一起包粽子。大木盆上方悬挂着一大丛细长的棕榈叶，木盆里糯米莹白如雪。她们就像技艺精湛的艺术家，把一张张已经洗净的宽大箬叶卷成一个个漏斗状，然后把雪白糯米满满装上，其中嵌入菜干肉、鸭蛋黄、红枣、蚕豆、豆沙之类的馅儿并盖卷，再用棕榈细叶牢牢扎好，不一会儿，一颗颗小巧玲珑的四角形粽子就成串成串地从棕榈叶上垂挂下来，犹如一个个黄绿色的风铃，在微风中晃荡，煞是精致漂亮。

家家户户习惯在大铁锅里煮粽子，届时满街满巷都会飘起粽香，那香气真是沁人心脾。人们煮好粽子，就把一扎扎的粽子分别送给亲友近邻，以示关爱之情。

端午节那天，我早上一醒来，就迫不及待抓起粽子，剥开黄绿色的箬叶。倏忽，一个晶莹剔透、油光滋润的四角形糯米粽就跃入眼帘，清香扑鼻，令人垂涎欲滴。嚼之，其味软糯顺滑，淡甜鲜美，满嘴留香，让人回味无穷。

除吃粽子外，家乡端午还有吃鸡蛋和鸭蛋的习俗，而端午的“蛋”香则别具滋味。“鸡”与“吉”同音，有吉祥之意。鸡蛋是新鲜的，放在水里煮熟后捞出来时还滚烫滚烫的。敲碎剥开淡红的蛋壳，滚圆的蛋肉洁白如玉，粉嫩似脂，咬一口，满嘴喷香，鲜甜可口。鸭蛋则有些咸，煮熟剥开后轻轻咬一口，亦咸香满口，味道甚佳。最快乐的是我们孩童做“撞蛋”游戏。记得那时候，大人们会用五颜六色的线绳编织成蛋袋，并把鸡蛋或者鸭蛋装进去，挂在我们胸前。我们常常用一只鸡蛋或者鸭蛋顶部互相撞击，啪的一声，蛋瞬间破裂了，香气四溢。这样的“撞蛋”游戏充满乐趣，常常惹得我们开怀大笑。

颇具家乡独特民俗文化韵味的“香”，则来源于端午节赛龙舟时摆的香案。

瑞安塘河的龙舟赛尤为壮观。长长的龙舟在绿莹莹的河面上高昂“龙头”，或红，或黑，或黄，或白，或绿，五颜六色。每条龙舟各坐着二十来个头戴运动帽、身穿运动服的壮汉，他们个个紧握木桨，熊腰虎背，精神抖擞。

龙舟赛开始时，我看到龙舟上的旗手会先各自挥舞旗帜，那场面瞬间变得五彩缤纷。随着指挥者的手势，龙舟开始了速度加激情的演绎。锣鼓咚咚咚、锵锵锵，一阵紧一阵地擂动、敲击起来，飘舞的旗帜收拢，而划桨的壮汉们则瞪着眼，绷紧脸，握紧桨，一边“嗨、嗨、嗨”地吼着，一边把手中的木桨拼命地往水中一挥一插一划，动作整齐划一。瞬间，绿莹莹的河面浪花飞溅，一只只龙舟如同离弦之箭，争先恐后，飞也似的朝前射去。此刻指挥者站在舟头，一蹦一跃，手舞足蹈，顿时木桨飞舞，锣鼓喧天，吼声震空，浪花四溅，好一幅气势磅礴、雄浑壮阔、淋漓尽致的竞舟图，这场景深深震撼了我的心灵。

龙舟到达终点，指挥者手势一变，划桨手立刻一齐把头朝后一仰，让龙舟迅疾地掉转方向，又缓缓回划。有人已经在埠头摆起了香案，只待龙舟一到，顿时烛光闪耀，香雾弥漫，鞭炮齐鸣，埠头上人纷纷为本地龙舟赛手犒劳，送上糕点、水果、酒食之类。按家乡风俗习惯，地方上凡是嫁出去的女儿在端午节赛龙舟时都要摆上香案，为当地赛手接风洗尘，以祈愿来年风调雨顺、吉祥安康。

端午飘香，飘起的是中华美好的传统民俗文化之味。这种味道蕴含着浓浓亲情、快乐童真、良善祈愿和奋发进取的璀璨的人性光芒。

注：本文入选2023年海外孔子学院《阅读》教材（汉英对照本）。

青青翠竹林

离开我曾经生活的第二故乡——浙江瑞安高楼下马前村（今属凤翔村），已经有几十个年头了，但在我记忆深处，故乡永远矗立着那一片片绿意苍郁、清秀俊逸的翠竹林。

我记得，在村后那个幽僻崎岖的山坡上，曾生长着一片郁郁葱葱的毛竹林。竹子碗口粗，呈墨绿色，竹秆浑圆饱满、挺拔参天，翠叶茂密秀美，既有阳刚之气，又别具清逸韵致。

清晨，毛竹林里晨雾缭绕，竹影婆娑，到处蹦跳着色彩斑斓的鸟雀，或红，或绿，或黑，或白，或灰，时而在地上悠然漫步啄食，时而跃上竹枝鸣叫，或者一飞冲天而去。欢快的鸟鸣，或细碎，或高亢，或短促，或悠长，或婉转，或清脆，叽叽喳喳，嘀嘀咕咕，浅吟低唱，变幻莫测，仿佛一曲妙趣横生的竹林大合唱，煞是动人心弦。淅沥春雨中，我还常常听到从竹林深处传来的轻微的雨打竹叶的沙沙声，纯净清澈，犹如天竺梵音。翠翠的嫩叶挂满了晶莹的雨珠，密密匝匝，而竹林雨雾缥缈，恍如仙境。那种声音和画面，在苍翠欲滴的竹林里弥漫起一片令人沉醉的诗意古韵。

雨后的苍穹是蓝湛湛的，飘起了几朵白云，翠绿的竹林在微风中散发出清新的泥土气息，令人心旷神怡。春笋一夜之间兀然破土而出，一枚枚，一棵棵，裹着棕黄色笋衣不断拔节，笋尖直插云霄，如拔地而起的火箭、导弹。其实，在笋尖刚要拱出地面时，村民们就开始挖春笋了。记得当年挖春笋时，我与发小也跟着在竹林沿竹鞭延伸的微湿柔软的地面寻觅笋的踪迹。忽然，我们发现一块小小的地面略略凸出来，发小顿时喜形于色："哈，总算找到笋了！"于是他猛挥锄头，噌噌噌几下刨开黄褐色泥土。蓦然，一棵白白嫩嫩的笋尖就湿淋淋地冒出地面，呈现在我们面前。接着，发小三下五除二，用锄头又使劲挖掘了几下，转瞬间，一棵紧裹棕黄色笋衣并散发淡淡清香的白嫩小春笋就落在我手中了。春笋做法很简单，只消剥开层层笋衣，把雪白的笋肉切片，放在锅里同猪肉片一起炒煮，不一会儿，一大碗热气腾腾、香气扑鼻的美味笋炒肉就摆放在我们面前了。我迫不及待地搛起笋片咬了一口，顿觉鲜嫩甘甜，醇香沁心，急忙咽进肚去，而嘴角依然余味悠悠，欲罢不能。

村里能产竹子，自然就有技艺精湛的竹艺人。在他们灵巧的手中，竹篓、竹筐、竹席、竹床、竹筏、竹凳、竹画帘等竹器，变戏法似的不断呈现，仿佛一件件精湛至美的艺术品，琳琅满目，令我深为惊叹。有时候他们还特意为我们小孩子编织造型奇特、栩栩如生的竹蜻蜓、竹螳螂之类的竹玩具，常常逗得我们在玩耍时开怀大笑。

村前，澄澈的飞云江哗哗流经江岸那一片片深绿色的水竹林。相对毛竹，水竹的竹身似乎比较纤柔，但依然坚韧挺拔。阳光在墨绿色江面上熠熠生辉，伴随竹林旁村姑们清脆的棒槌捣衣声和欢声笑语，以及哗哗水流声，穿透了浓枝密叶的竹林，在绿叶摇曳间闪耀起翠色的光芒。细雨绵绵时，一条竹筏从竹林江湾深处飘然而出。撑筏人挺立筏头，头戴竹笠，身披棕色蓑衣，双手撑起竹篙，左点右插，竹筏顷刻就像一片悠然的飘叶，不断避开湍急的江流，轻灵地飘然而去。

时有清风吹来，竹林翠浪翻涌，漾起淡淡的竹香。独伫一方浓浓绿荫之中，我不禁思绪万千，那挺拔参天的翠竹、色彩斑斓的竹雀、竹林欢快的鸟鸣、雨打竹叶的梵音、拔地而起的竹笋、鲜嫩甘甜的笋香、精湛至美的竹具、竹下浣衣的村姑、飘然远去的竹筏，等等，无不弥漫着翠竹林宁静安详、温馨快乐的青青田园风味。那种美妙极致的感觉，光芒般渗透了我身上每一寸肌肤、每一个细胞，在我心中点亮了一个超凡脱俗、诗情画意的苍翠世界。

竹，因其集坚贞刚毅、虚心高洁于一身，被赋予了清淡高雅、高风亮节的内涵，故为历代文人墨客所推崇，被誉为“岁寒三友”和“四君子”之一。北宋著名文学家苏轼说：“宁可食无肉，不可居无竹。”清代以画竹著名的郑板桥一生画竹无数，以竹的清高骨气为榜样，赞道：“千磨万击还坚劲，任尔东西南北风。”

其实，在我看来，竹的品格内涵远不止这些。

它淡然立世，翠意长盛。竹，挺立于贫瘠偏陋之地，从不与群芳争妍斗艳，只是在困苦的环境中随遇而安，自我成长，于是翠意自生，四季常青，那种漠视名利的淡泊、坚韧抗争的淡定，最终赢得了生命的生生不息。这难道不也是一种可贵的精神吗？

它历经风雨，茁壮成长。竹子是竹笋伴随着风雨快速成长起来的，所以对我们来说，有时苦难的风雨也许更能加速我们自身的成长。我想，这难道不是竹子给予我们重要的感悟和启迪吗？

青青翠竹林，是安憩在我心灵深处的美好乐园，成为促使我人生奋进的精神原点。

烟火外滩

除夕是越来越近了。

我信步瑞安外滩，寻觅瑞安城那种久违的年味烟火气。

夜晚的外滩，早已是一片灯火辉煌。那条缀满彩灯的飞云江大桥，犹如一条光彩夺目的长龙，横跨灯光灿然的飞云江南北两岸。外滩步行道上，灯火璀璨，游客们谈笑着结伴而过。

迎面走来一群人，好像是刚吃完分岁酒的一大家子，有神采奕奕的年老夫妻，有牵儿抱女的年轻父母，一起前往外滩散心玩耍。老夫妻挽手信步而来，年轻父母笑语倾谈，孩子们手拿各式各样烟花筒，或方或圆，或长或短，笑逐颜开。

“我们放烟花吧！”有人提议。

一个小年轻快步上前，把一个红色烟花筒放在步游道缀满熠然光带的石栏杆上，然后用打火机点燃引火线。

刺的一声，烟花筒喷涌出一条红色火焰，然后只听啪啪啪几声响，火焰在江面上空瞬间散开，幻化成一朵朵硕大的昙花，雪白雪白的，柔和清澄，熠熠生辉，但转瞬，白花瓣开始慢慢飘落。猛然，随着又一阵脆亮的啪啪声，那条红色火焰喷射向更高的江面上空，昙花又蓦然幻化成五彩缤纷的花树，光彩四射，倏地又变幻成闪烁的群星，在江面上空不断闪耀动人光芒。

“哇，好美的烟花！”人群中爆发出一片惊呼。

孩子们开始在父母指导下，纷纷点燃各自漂亮的烟花。各式烟花在外滩上空盛情绽放，为孩子们点亮童年的快乐。

烟花爆响着，尖啸着，升腾起硕大美丽的彩光，直扑外滩上空，一朵、两朵、三朵……像牡丹，似菊花，如仙子，犹蝴蝶，此起彼伏，倾情绽放，灿烂夺目，在浅蓝的夜空中闪耀着绚丽的光彩。粲然绽放的烟花，瞬间使外滩上空变成一个盛大舞台和空中夜花园。外滩上空弥漫起的灰褐色烟雾，在浅蓝色的夜空悠然飘荡，后慢慢散去。

人群中，一位老爷子蹲下身，顽童似的一手点燃放置于地上的圆圆的小烟筒。刺的一声，那个小烟筒里突然迸射出一条剑芒般的蓝色火焰，瞬间像陀螺似的在地上飞速地打着旋儿向前转动。

“爷爷，火球！火球！”老爷子那个四五岁光景的小孙女一边捂着耳朵，一边看着地上正吐射蓝火焰陀螺似旋转的小烟筒惊呼。

老爷子笑着一手紧紧抱住他的小孙女：“乖乖，别怕！别怕！很好玩呢！”

孩子们一边快乐地燃放心仪的烟花，一边嬉笑着，雀跃着，追逐着，咯咯咯的清脆笑声响彻外滩，在苍茫的飞云江上空久久回荡。

美丽的烟花，历来为古人所赞叹。“火树银花合，星桥铁锁开。”唐代诗人苏味道在《正月十五夜》中把烟花比作“火树银花”。烟花还是喜庆的象征，也用来驱邪招福，承载着人们对美好生活的一种期盼和向往，如北宋政治家、文学家王安石在《元日》中曾吟道：“爆竹声中一岁除，春风送暖入屠苏。”

飞云江已经潮平了，波澜不惊。江面在岸灯照耀下，泛起粼粼波光。外滩上也已是万家灯火，家家户户明净的窗户中透射出柔和的灯光，一派澄澈明丽。楼宇墙面缀满了金色彩灯带，照得高楼闪闪发光、亮丽迷人。

外滩喷泉对面就是灯火通明的虹桥路商业步行街了。人们在马路上来来往往，络绎不绝，在店里进进出出，手里提着鼓囊囊、沉甸甸的商品袋，都洋溢着笑容。

外滩上空依然是不断盛放的烟花，红的像火，白的如雪，黄的似金，绿的若翡翠，蓝的犹宝石，映照着热闹的外滩，一朵接一朵，缤纷绚丽，灿烂夺目。

此刻，瑞安城完全沉浸在那种久违的烟花璀璨、灯火辉煌、熙熙攘攘的绚丽繁华中，一派欢乐祥和的温馨景象……

哦，烟火外滩，年味弥漫，美哉瑞安。

晒太阳

晒太阳，是指寒冷冬天时沐浴阳光取暖，也就是天然日光浴，瑞安俗称晒暖。以前冬天很冷，没有电炉、空调之类的，人们只好晒太阳，在大自然里寻找取暖能量。

在古人看来，晒太阳是免费又环保的取暖方式，不仅能消灭霉菌，还能除阴填阳，从而祛邪充能，强身健体。

在寒冷的冬天，晒太阳是很舒服的，甚至能让人产生一种奇妙的感觉。沐浴阳光下，或坐拥一抹阳光，任凭金灿灿的阳光无遮无拦，往身体上倾泻，柔柔的，痒痒的，酥酥的，人们暖和得与阳光几乎融为一体，于是醉乎其中，飘飘欲仙，奇哉妙哉。

孩提时，晒太阳是一项非常快乐的活动。那时候的冬天，孩子们没什么可乐的，于是我们一群小伙伴就去晒太阳。只不过这种晒太阳方式，不是坐着，而是站在阳光下，靠墙壁做起“挤油渣”的游戏。

明晃晃的阳光照得斑驳的墙壁发热。小伙伴们分成两队，一字排开，面朝阳光，紧靠墙壁，互相用肩膀抵着肩膀，一边“嘿哟、嘿哟”喊着号子，一边从左右两边使劲往中间挤。当然，在挤的过程中，那些力气小的，或者没有靠近墙壁的，或者站立不稳的，就会被后面的人挤出队伍，就像过去农村土法榨油被挤出“油渣”似的。每到这时，队伍中总会爆发出孩子们快乐的笑声。这笑声在灿烂阳光下久久回荡。在“挤油渣”队伍中被挤出来后，掉队的小伙伴又赶紧到队尾排队重新开始往前挤，循环往复，乐此不疲。

在太阳热力作用下，通过“挤油渣”游戏，小伙伴们直挤得全身热乎乎的，头上直冒汗，不再觉得冬天的寒冷。

晒太阳是一种暖融融的温馨，这几乎成了老人的专利。

在瑞安城市的弄堂小巷里，我经常看到一些老大爷、老大娘三三两两地坐在门前、路边、屋檐下等能晒太阳的地方拉家常。平时他们与下一代可能很少交流，似乎比较孤独，可一旦坐在一起晒太阳，话题就多了起来，天南海北，家长里短，彼此倾诉，无所不谈。他们喝着茶，嗑着瓜子，聊着天。话题大到电视新闻、社会逸闻，小到养老保险、各自家庭状况，从儿子扯到媳妇，从媳妇扯到孙子孙女，然后相互安慰和鼓励，彼此心里暖暖的，别有意味。

阳光静静照耀着老人灿然绽放的笑脸，让人有种岁月静好的温馨感觉。

颇有田园风味的是瑞安农村老人晒太阳。有一年冬季，我到乡下朋友家做客。我看到道坦（方言，意指房前屋后较大的平坦空地）里坐着五六位老人在晒太阳聊天。道坦旁边是一畦绿茵茵的小菜园，棵棵菜苗正在阳光下熠熠生辉。男的在津津有味地抽烟，火光在烟头上一闪一闪的，满脸悠闲。女的不知从哪个工厂接来业务，正围坐在一起，一针一线地认真缝制鞋底，长长的缝针在阳光下一闪一闪。他们从今年的农业收成聊到对来年的丰收期盼，从儿孙外出打工聊到如何挣钱致富，从祠堂风水聊到寺庙香火，等等，侃侃而谈，意趣盎然。不知是谁，在阳光下的道坦播放了旋律优美、字正腔圆的温州鼓词，顿时，所有晒太阳的老人安静了下来，开始凝神谛听，满脸陶醉。

阳光映照着老人们满足恬淡的温馨笑脸，绿茵茵的菜园依然熠熠生辉。

最有禅味和促人奋发的，是一个人独坐浮想联翩地晒太阳，这是我深有体会的至美感觉。

记得去年冬天一个晴好的日子，我在瑞安青春外滩公园晒太阳。我独坐柔软草坪，一任广袤的阳光从湛蓝湛蓝的苍穹流水般倾泻而下，洒遍我全身，柔柔的，暖暖的，满身生辉，顷刻，草坪似乎弥漫起淡淡的蓝雾。

我注意到不远处的草坪上有一只黑白相间的江鸟，此刻也沐浴阳光，正在悠闲漫步觅食。

江鸟的前面，就是那条黄色的飞云江了。

遥望广阔的江面，水天苍茫，江水在阳光下灿烂一片。我默默地感受着这阳光的柔暖，感受着阳光渗透我身体每一寸肌肤、每一个细胞的安详，仿佛觉得身体羽化了一般，变得纯净了，透明了，轻灵了，与阳光浑然融为一体了。

“哗——哗——哗”，蓦然，从前方传来阵阵浪涛声。

哦，飞云江开始涨潮了。

瞬间，波涛汹涌而至，一浪逐过一浪，不断翻腾着，滚卷着，成线状向黄褐色滩涂扑来，飞溅的浪花在阳光下闪耀着光芒。

汹涌澎湃的潮音瞬间震醒了沉浸在安详中的我，我蓦然想起，是否我生命的潮音也已经不期而至?

倏地，那只黑白相间的江鸟发出一声清脆啼鸣，身披闪亮阳光扑棱棱腾空而起，在湛蓝的苍穹下悠然翱翔。

凝望阳光下闪耀光芒的飞溅浪花和翱翔江鸟，聆听澎湃潮音和清脆鸟鸣，我想到了自己曾经豪迈激烈的壮怀和意气风发的梦想，于是不禁肃然起身，在江岸奋然挺立。

我望到了浪涛翻滚的江天相接处那轮屹立潮头的红灿灿的太阳。

的确，晒太阳祛邪充能，强身健体，不仅使人拥有舒服、快乐、温馨、安详的美妙感觉，更能促人奋发，尤其是瑞安的晒太阳习俗，人文气息浓郁，别具风情，令我刻骨铭心。

远逝的美好年味

除夕是越来越近了，人们忙着网购年货，而微信上的问候祝福也开始响个不停。

尽管这种忙碌带有过大年的味道，但我总觉得，这种味道似乎没有过去那种酣畅淋漓、渗透身心的民间传统过大年的年味浓郁。

在我童年的记忆中，捣年糕是瑞安民间最具年味的置办年货活动。

俗话说“吃年糕，年年高”，瑞安民间历来有捣年糕过大年的习俗，借此寓意“年年发财，步步高升”，是置办年货的重头戏。

捣年糕时，捣糕师傅把蒸好的糕粉团放在一个梯形的青石捣臼里，一人用长方形石槌往糕粉团上用力地搡，一下一下地使劲砸，另一人则随着槌起槌落，不时把软软的、韧韧的糕粉团一转一翻，默契地配合着，热气、香气相互交织，不断升腾在青石捣臼周围。这样，通过无数次的搡砸转翻，将糕团捣得油光可鉴时，就立即抓起放在面板上，由制糕师傅用擀面杖把糕团擀开擀薄，切成块状，然后用双手揉搓，最后压印成长方形。于是，一条条洁白细腻、香气洋溢、弥散着热气的年糕就制作出来了。

捣年糕是我们这些小孩最喜爱的。因为捣年糕不仅可以让我们吃到早已垂涎欲滴的“糕奶”，而且还可以拿到由年糕制成的小动物玩具。所谓糕奶，就是在制作年糕前，大人们一般会先取一块新鲜的糕团给孩子们品尝。这样的糕团吃起来香糯可口、柔韧绵软，那份浓浓的香、淡淡的甜、鲜鲜的味以及筋道十足的口感，留在唇齿之间，总是经久不散，余味悠悠。手艺高超的师傅还会把一些零碎糕团三下五除二地制成小白兔、小白羊、小白马等小动物玩具，常常哄得我们这些小孩拿到后发出清脆的笑声，然后很快跑开，一起开心地玩耍起来。

大年三十的晚上，我们小孩子最期盼的就是吃了分岁酒后拿到大人们给的压岁钱。因为有了压岁钱，就可以去买炮仗、鞭炮和焰火筒等燃放了。

燃放烟花爆竹历来是民间喜闻乐见的过大年重要的传统庆祝方式，对于儿童来说，更为喜爱，其原因据说是爆竹可以驱魔除邪，能给人们的新年带来好运，我们这些顽皮的小孩又觉得非常好玩。

记得小时候，最热闹的燃放烟花爆竹的地点就是解放路那条大街。街上有很多店铺，除夕时大部分都关门了，只有卖炮仗、鞭炮和焰火筒的店铺还开着，就等着我们这些顽皮的孩子去买了。

那时大人们忙着在家吃分岁酒，所以这条大街就成了我们这些顽皮孩子的快乐天堂。我们拿到压岁钱后，就购买了大量的炮仗、鞭炮和焰火筒。大街上开始到处响起炮仗声、鞭炮声和放焰火声。

“砰——啪”“砰——啪”，是声声响亮的炮仗。

“噼噼啪啪……”，是一连串脆亮的鞭炮声。

“刺……刺……”，是焰火筒被点燃后焰火的腾空声。

大街上响起的烟花爆竹声引爆了全城，于是“关门炮”不断响应，此起彼落，而深蓝色的夜空也不断绽放着一朵接一朵绚丽的烟花，整个瑞安，变成了一座美丽的不夜城……

恣意燃放的烟花在全城不断升腾、弥漫，似乎在为庆祝新年的到来而狂欢，并倾情表达着人们对新年美好的祝福和祈愿。

如今，这美好的年味已经渐渐离我们远去，留下的只有无尽的追忆和怀念。

我心中感慨万千：时代的发展进步，让我们体验到网购年货、微信拜大年等现代新型过大年方式的轻松和便捷，但总觉得似乎缺少了过去传统民俗年文化带来的那种纯净的发自内心的快乐、那种率真祈愿的庆祝氛围，而且这些蕴含年货文化、年庆文化等深厚传统民俗年文化底蕴在内的美好年味，总是历久弥醇，余韵悠悠，至今依然让人回味无穷。

我想，如果在现代新型过大年方式基础上，对那些传统民俗年文化加以改进、传承和发展，是否会让新的年味变得更加浓郁和绚丽多彩呢?

情绽元宵节

新年元宵始，元宵节情浓。

元宵节又称元夕，是中国传统的一个重要民俗节日。元宵节到来时，吃汤圆、观花灯、舞龙灯、猜灯谜、放烟花等民俗活动层出不穷，异彩纷呈，让团圆亲情、恋恋爱情、祈庆之情从斑斓亮丽的民俗风情中，绽放出一道道璀璨独特、别具风韵的文化光芒。

元宵的“元”字古人解释为“第一”，“宵”则是“夜”。由于农历正月十五日之夜为新年首个月圆之夜，蕴含团圆、爱情和祈庆之意，所以就被定为元宵节。

记得小时候元宵节那天，我慈祥的祖母总是早早起床着手做汤圆。先是取一小团雪白柔软的糯米粉，放在手里轻轻地揉搓，不一会儿，一颗颗晶莹如雪、圆润如珠的小汤圆就被整齐地摆放在竹米筛之中了。小汤圆放入锅里煮熟捞出后，再撒上白糖、桂花，转瞬间，一碗碗热气腾腾、香味飘溢的汤圆就被端上了桌子。然后叫上我从外地赶回来的父母以及叔婶、姑姑姑父他们，全家围坐在一起吃汤圆，亲情洋溢，其乐融融，而我咬嚼汤圆，其甜腻软糯、清香沁心，至今令我回味无穷。

圆圆的汤圆象征团圆，元宵之“乐”，成为元宵节一个显著特色，而从中洋溢出的团圆亲情，更是至浓至深，历久弥醇。

元宵节是一个美好的节日，因此关于元宵节的美妙的名诗佳词很多。如北宋欧阳修的《生查子·元夕》有“去年元夜时，花市灯如昼。月上柳梢头，人约黄昏后”之句，此词展现了月色皎洁、灯火璀璨的元宵之夜，一对倾心相恋的情人在月色下相约的美好情景。

最有情恋意味的是南宋词人辛弃疾《青玉案·元夕》中的“蛾儿雪柳黄金缕，笑语盈盈暗香去。众里寻他千百度，蓦然回首，那人却在，灯火阑珊处”，全词展现的则是另一幅美好情景：

元宵之夜，满街灯火如千树银花、点点繁星，璀璨夺目。在游人如织的街头，作者发现了一位如花似玉的美貌女子与女伴笑语盈盈地从身边款款而过，身后飘来一阵女子特有的馨香，转瞬消失在人群中。他对女子一见钟情，急忙在拥挤的人群中追寻她的纤纤倩影。但在他回头的一刹那，竟然在灯火稀疏处发现了她。

月上柳梢，情人相约，灯火顾盼，寻得美人。元宵之“美”，体现了元宵节另一个突出的特色，其装饰美轮美奂，其情意难分难舍，值得人们留恋、怀念。

“闹”则是元宵节最为独特的一个特色，其中最典型的莫过于“舞龙灯”这一民俗活动，其流光动影、锣鼓喧天，将元宵之“闹”烘托得淋漓尽致，表现了人们对新年的虔诚祈庆之情。

小时候我非常喜欢看家乡的舞龙灯表演。在锣鼓喧天中，舞龙台上，一个大汉用木杆高举一颗球形的“龙珠”，朝“龙”首上下左右飞舞，而几十个大汉举着巨大的红色“火龙”，在“龙珠”引导下做争抢状，不断在云灯里穿行，时而蜿蜒盘旋，时而昂首腾空，时而俯冲而下，大有腾云驾雾之势，其栩栩如生、雄劲精湛的表演不时激起台下成百上千狂欢之人的阵阵喝彩。

龙，是中华民族的象征，而“舞龙”，则蕴含祈祷风调雨顺、国泰民安的吉祥之意，是历代人们对新年的美好祈愿和庆祝，更是战天斗地、攻坚克难的中华民族传统文化精神的雄壮乐章。

元宵款款来，情绽元宵节。

“二月二”民俗节随想

元宵节刚过，转眼农历“二月二”民俗节就悄然而至了。

“二月二”是中国古老二十四节气中惊蛰前后的民俗节日。这个时节意味着春天的开始，于是人们焚香祷告、祈愿求福，民间过春节似的就有了剃头、祭祀、炸油糕、啃猪头等习俗。而在我们浙南，尤其是瑞安，最流行的就是吃芥菜饭这一习俗，而且这是“二月二”民俗节必不可少的重要内容。

我最喜欢吃的就是祖母炒的芥菜饭。祖母炒得一手好芥菜饭，饭菜飘香，别有风味。雪白的饭粒泛着晶莹的油光，夹杂着翠绿鲜嫩的芥菜碎末，嚼一口，则饭松菜香，油而不腻，清爽适口。尤其那袅袅清香丝丝缕缕地在饭桌上弥漫开来，令人垂涎欲滴，留在唇齿之间，更是余味悠悠，经久不息。

祖母常对我说“吃了芥菜饭不生疥疮”，希望我新的一年一切平安，顺利成长。如今祖母早已离开了我们，但那碗带着深深慈爱的芥菜饭永远留在我心间，至今让我常生怀念。

“二月二”在我们南方又称踏青节，因为这个时节，迎春花开，天气开始转暖，可谓春回大地，万物复苏，是个生机勃勃的大好日子。

这时候，我就喜欢一个人静静地躺在家乡山谷的草坪上晒太阳。沐浴着明媚的阳光，感受着微微的暖风，任凭暖洋洋的钻石般的阳光穿透我身上每一寸肌肤，渗透着每一个细胞，然后仰望湛蓝天空悠悠飘过的白云，聆听身边清亮小溪的潺潺流淌声以及树上那声声婉转的鸟鸣，深深感悟“一年之计在于春”古训的深刻内涵，于是对人生未来的憧憬和激情在我内心不禁勃勃生发，那种温暖灿烂、生气洋溢的春之感觉至今使我难以忘怀。

田野里，“二月二”是一派欣欣向荣、昂扬奋进的景象，充满了诗情画意。因为“二月二”这天以前还是个春耕节，家家户户开始春耕。民谚“二月二，龙抬头，万岁皇爷使金牛，娘娘来送饭，黎民天下收”，描绘的就是这样一幅奋力耕耘，且普天和谐、其乐融融的美好春耕图。唐代著名诗人白居易的《二月二日》中写道：“二月二日新雨晴，草芽菜甲一时生。轻衫细马春年少，十字津头一字行。”此诗描绘出这样一幅意气风发的场景：春雨过后，空气清新，大地上的野草与田地里的庄稼茂盛生长。一群风华正茂的少年在码头水边的长堤上，并排骑马前行，笑语阵阵，激情飞扬，青春活力四射。据说，“二月二”这天，民间的私塾先生也开始收弟子，对孩子们来说，也要在这一天入书房读书，谓之“占鳌头”。

“二月二”这天的晚上，我仰望苍穹，甚至隐约能见到一种美丽的“龙抬头”天象景观：浩瀚的天空，繁星点点。在东方的地平线上，一个叫“东方苍龙”的星座里，“龙角星”悄然伸出“龙角”，慢慢升起来。“龙抬头”，标志着春季开始。龙，其本源于上古星宿崇拜，是我国传统二十八宿天学体系中由角、亢、氐、房、心、尾、箕七宿星官所构成的形象，而《易经·乾卦》“九二，见龙在田”所描述的则是：仲春的龙星从东方地平线上升了起来，崭露头角，于是“龙”德显扬，“龙”威浩荡。仲春龙星出现于地表上，喻示“龙”欲升天，而这一日恰为农历“二月二”，在农耕文化中昭示阳气自地底而出，驱邪逐毒，蓬勃生发，万物开始充满盎然生机，此属卦象中之吉兆，乃风调雨顺、旺盛奋振之象。所以，自古以来，人们一直把农历“二月二”这天作为一个祈求纳祥转运、发愤图强的吉日，祈愿“龙”德恩泽，以求新年平安顺利、人丁兴旺、五谷丰登，同时也可以趁此大好时机，借势“龙”威，昂然而进，奋发有为。

我非常喜欢“二月二”这个节日，因为它不仅带给我美好的回忆和深切怀念，还标示了春的开始，象征着新的希望、新的生机和新的进取。

捏面人

捏面人，又称“面塑”，是一种神奇的民间传统技艺，虽然看似简单，但艺术性很高。

记得小时候在瑞安上学，我经常看见学校门口一位五六十岁的老艺人在捏面人。他的货担上面竖有一个草靶，插着《西游记》人物、十二生肖、葫芦瓜果等各式各样的面料造型。我和一些小朋友好奇，就静静地围观。只见老艺人灵巧的手指在各色面团间飞快穿梭：先用一小团肉粉色的面料捏成小人头插在竹签上，用小竹刀左点右划，转眼之间，鼻子是鼻子，眼睛是眼睛，再用一小片黑面往头顶一摁，小梳子一抹就成了头发。接着用一丁点儿颜色不同的面料在手心中一擀，就是一件花衣裳，三下五除二，搓好身子，手脚捏齐，姿势摆好，一个栩栩如生的人物形象就惟妙惟肖地立于眼前，其神乎其神的娴熟技艺，看得我们目瞪口呆。

捏面人是用糯米面和面粉为主要原料，加上颜料、石蜡、蜂蜜制成柔软的面团，用捏、搓、揉、掀等手法，配合小剪子、小梳子、小尺子、小铁皮、竹签等工具，灵巧地点、切、刻、划，于是，顷刻之间，戏剧人物、动物花草、吉物祥品等各式面塑作品跃然指尖，脱手而成，其艺术形象或威严霸气，或亭亭玉立，或龙腾虎跃，或静若处子，千姿百态，五彩斑斓，妙趣横生，活灵活现。

捏面人作品往往构思巧妙，千变万化，而造型多夸张生动，用色明快大方，风格简练朴实，体现了雅拙并存的典型民间地方特色，蕴含着深厚独特的民族传统文化，如黄河流域的捏面人作品古朴粗犷、豪放厚重，长江流域的捏面人作品则典雅细致、精巧优美。这些作品都具有很强的艺术魅力，加之其体积小、便于携带，又经久不霉、不裂、不变形、不褪色，因而不仅令游客爱不释手，还被带走成为馈赠亲友的纪念佳品，被外国游客誉为“中国的雕塑”。

捏面人作品按其使用功能可分为两类，一类是专门用于收藏的面塑作品，由精面粉、糯米粉、盐、防腐剂及香油等制成，另一类是可以食用的面塑作品，由澄粉、生粉等制成。

中国的捏面人这一民间传统技艺可谓源远流长，汉代就已有文字记载了。从新疆吐鲁番阿斯塔那唐墓出土的面制成的人俑和小猪来推断，距今至少已有一千三百四十多年了。南宋《东京梦华录》中对捏面人也有“以油面糖蜜造为笑靥儿”这样的记载。当然，那时的捏面人作品都是能吃的，谓之“果食”。

民间对捏面人还有一个神秘的传说：三国时期孔明在渡江时忽遇狂风大作。机智的孔明随即以面料制成人头与牲礼模样来祭拜江神。说也奇怪，此后部队竟得安然渡江。从此，孔明就成为捏面人艺人供奉的祖师爷。

如今，随着时代的发展，捏面人这种神奇的民间传统技艺似在逐渐消失，但那种神乎其神的娴熟技艺，那种栩栩如生的奇特造型，那种深厚独特的传统文化，给我留下了深深的美好回忆，至今历久弥醇，余韵悠悠。

第二辑

行吟山水

夕照北麂岛

9月初，应老同学张达荣先生之邀，我们老同学一行十人兴致勃勃地登游北麂岛。

北麂岛位于瑞安市东南方向东海沿海海面上，距市区37海里处。民国时期的《瑞安县志稿》记载：“北麂山高167.7公尺，一名北岐山，又名东洛。”因岛形如麂，又在南麂之北，故名北麂，为瑞安最大岛屿，面积1.97平方公里。

午后的北麂岛，风光旖旎，令人陶醉。蔚蓝色的苍穹下，湛蓝色的大海一望无际，纯净明丽，几乎与天际融为一体。阳光在海面迸射出蓝宝石似的光芒。海风轻拂，清新而凉爽，令人心旷神怡。迷人的渔岛风光，惹得我们纷纷拿起手机拍摄，在海边留下了各自的剪影，或指点斜阳，或双臂拥海，或凭栏摆拍。海岸游步道上回响着欢声笑语，灿烂的笑脸在阳光映照中洋溢着喜悦之情，我们仿佛又回到了天真烂漫、激情勃发的青少年时代。

北麂岛最大的建筑特色就是石头民房。出于抵御台风侵袭和海水侵蚀的需要，其民房多以石头为建筑材料，从而形成了以石头屋为主体的聚居村落，至今保留了具有独特风情的渔村原生态建筑。石面打磨得光滑细腻，块块堆砌，错落有致，而石缝紧咬成线，使墙面在秋阳中熠熠生辉，散发出质朴恬淡的渔村风情，犹如一幅幅精美绝伦的海岛风情画。穿行在阳光下的渔岛村落，仿佛置身于一个古韵悠悠的绚美石头世界，宛若身处远离尘嚣、与世无争的世外桃源。

独伫北麂岛宽阔的蓝色停机坪，头顶是瓦蓝蓝的天，脚下海岛之外是蓝湛湛的海，犹如置身于一颗璀璨的蓝色星球。海天相接处，广袤而深远，人立海天间，显得渺小而孤独。风起云涌，海风飒飒，又顿觉海阔天空，浩气回荡，心中所有的烦事苦恼瞬间灰飞烟灭，在灿烂阳光下升腾起盈盈的清气、蓝蓝的情怀。

渔舟在傍晚时分陆续归港。闪耀银白磷光的鲳鱼、不断扭动身躯的海鳗、活蹦乱跳的虾蛄等，被人们一筐筐抬上岸，散发着大海的气息，令人看一眼就馋意满怀。

晚饭自然是海鲜满桌，水卤龟脚、辣螺，清蒸虾蛄、螃蟹，红烧岩撞、鲳鱼，自制鱼饼、鱼干等原生态海鲜菜满屋飘香，让我们目不暇接。咬一口，清甜可口，鲜味悠悠，弥久不散。我们一边津津有味地品尝着原汁原味、美妙独特的北麂岛海鲜，一边意兴勃勃地怀旧畅谈。夕阳西下，余晖从窗外斜斜透射进来，照耀着我们开心的笑脸，心中弥漫起一种恬淡自然而又情思满怀的感觉。

夕阳落海时，我静静独坐于犬牙交错、坑坑洼洼的礁石之上，遥望浩瀚蔚蓝的海面。

远方的天际，似乎矗立着几座白皑皑的巍峨雪峰，那是白云幻化成海市蜃楼般的奇妙景观。几只灰白相间的海鸥舒张翅膀，惬意地在海空中逐浪戏水，翻飞盘旋。头顶依然是蓝蓝的苍穹，耳旁依然是飒飒的海风。涨潮了，一波又一波的浪涛从水天相接处奔涌而来，不断撞击坚硬的礁石，卷起一堆堆雪白的浪花，又瞬间在夕照中飞珠四溅，光芒闪耀。风吹浪涌之际，从远方传来雷鸣般的轰然潮音，犹如千军万马在蓝海苍穹间恣意奔腾。圆圆的落日浮在海面的波峰浪谷间，依然淡定从容，闪耀着钻石般的光芒，而停泊在港湾的几艘渔舟则安稳停靠在金色夕照的波光粼粼之中，宁静而安详。

水天苍茫，潮起云飞。凝神遥望壮观的海上落日，侧耳倾听呼啸而至的潮音，大海的夕照是那么沉静壮丽，深深震撼了我的心灵。

“夕阳无限好，只是近黄昏”，唐代著名诗人李商隐在《登乐游原》中曾如此感慨，似乎有点遗憾落寞的意味。然而此刻的北麂岛，夕阳依然淡定从容，渔舟依然宁静安详，而夕照下的蔚蓝大海，浩瀚苍茫，气势磅礴，竟是如此壮怀激烈，恢宏坦荡。沉静壮丽的海上夕照，就如我们豁达宽容生活中依然充满了人生澎湃的激情。

北麂岛，犹如一颗镶嵌在蓝色海空世界的璀璨明珠，独具意韵，引人心驰神往，浮想联翩……

注：本文入选2023年海外孔子学院《阅读》教材（汉英对照本）。

游福泉山磨岩记

磨岩，久慕其名，其状若天降一大石磨盘，静静兀立在温州瑞安福泉山东首海拔480米的山巅，峻拔奇丽，人文气息浓郁。

初夏某日，应瑞安陶山诗词楹联学会施世琥会长热情邀约，我与施世琥老师及友人林明衍、陈雪莲、陈超弟、孙余海等一行共六人登临福泉山磨岩游览。

汽车沿盘山公路蜿蜒而上，一路尽是参天绿树，苍翠挺拔，浓荫蔽日。快到山顶之际，忽见一块黑白相间、高度约4米、面积约9平方米的圆圆巨石，状若昔日浙南民间常见的磨米用的大石磨盘，重重叠压在8米高的粗宽大石柱之上，占地面积约30平方米，突兀屹立，雄健豪逸，尤为夺目。岩上则用红迹书“磨岩”两个大字，笔力遒劲，洒脱大气。旁耸一块笋状石岩，亦黑白相间，如影相伴，两巨石间仅见一条细长石隙。

山风飒飒。磨岩前面伫立一棵绿意苍郁的乌桕，嫩绿枝叶随风轻轻摇曳。灿烂阳光照射在布满绿苔的岩面上，熠熠生辉，磨岩四周仿佛弥漫起淡蓝色的烟雾。

磨岩的确是奇特之岩。如果从不同角度观赏，磨岩则呈现不同的景观。比如从正面观赏，磨岩像圆圆的大石磨盘，旁耸的那块大石柱如一个勃然生长的大竹笋，直指苍穹。但如果从背面观赏，磨岩则呈鹰嘴状，如苍穹下俯视山脚的独傲大雄鹰，欲腾空而去。至于那个大石笋，此时似乎变幻成一位戴头巾的农妇，正在推拉大石磨盘。更奇妙的是，大石笋的岩面已经风化了，居然若隐若现地展现出如线似丝、形状各异、妙趣横生、神韵生动的浅灰色精美岩画来，令人深为赞叹。

两巨石间那条细长石隙被称为“一线天”。透过“一线天”凝望，可以看到一角澄澈蓝蓝的天，一丛悬垂翠翠的绿。探头细观，居然又是别有洞天：澄蓝苍穹白云悠悠，万木葱绿岩底生翠，山风飒飒清爽惬意。

回眸“一线天”，两岩之间有一泓清亮的泉静静平躺其间，清澄透彻，水面有层绿绿的浮萍在微微飘荡，犹如清纯静美的小小“睡美人”。微风倏忽吹来，几片翠绿的乌桕叶悠悠飘落水面，水面泛起浅浅的涟漪，顿觉丝丝清凉沁入心间，在这炎炎夏日甚是舒爽怡人。

静伫这清丽的磨岩，一种纯洁宁静、恬然淡泊的心境油然而生。

磨岩三面护栏是用石块砌筑而成的。凭栏远眺，蔚蓝色的苍穹清澄深远，连绵起伏的群山层峦耸翠，似乎有淡蓝色的岚烟在阳光下冉冉升起，苍茫而深邃，洞溪水库点缀其间，仿佛一颗碧绿的翡翠，波光明灭。盘山公路宛若束腰飘带，蜿蜒而上。俯视山谷，壑深林密，不时有林涛呼啸而至，霎时，枝叶飞舞，翠浪滚涌，此起彼伏，犹如绿色闪电，层层掠向天边。

磨岩，此刻身披灿灿阳光，静静兀立在蓝天与山峦之间，纹丝不动，在呼啸的林涛中犹如一位昂首凝思的圣哲，坚强而豪迈，宽厚而从容，令我深为震撼。

我蓦然想到了南朝时期曾隐居在福泉山的“山中宰相”陶弘景。

陶弘景（456—536），字通明，谥贞白先生，丹阳秣陵（今江苏南京）人，为我国南朝齐、梁时期著名的道教思想家、炼丹家、医药学家和归隐的政治家，瑞安人尊称其为陶公。20岁时陶公被召为诸王侍读，至南齐永明十年（492），因朝廷腐败无能，他愤而辞官归隐，遍游名山大川。498年他来到浙江瑞安福泉山（原名福全山），隐居修炼，建庵采药炼丹，治病救人，著书立说，常为民做好事，不取分文。在福泉山隐居期间，梁武帝多次邀请陶公出山辅佐，都被他婉言辞谢，并作诗《诏问山中何所有赋诗以答》回复："山中何所有，岭上白云多。只可自怡悦，不堪持赠君。"虽然陶公淡泊以明志，但每逢国家有大事问计于他时，他都能为国分忧，出谋划策，故史称他为"山中宰相"。

据原福泉寺管理组组长孙松兰等民间人士介绍，民间传说，磨岩的来历与当时隐居福泉山的陶弘景有关。

有一次，陶公带童子在福泉山采药，忽然发现福泉山的东方冲上一道火红的光芒，忽隐忽现，陶公马上意识到福泉山东首可能要出稀有珍宝了。于是他与童子一起走到东首的山顶，发现一块状似浙南民间磨米用的巨大石磨盘重重叠压在巨石柱上，石隙中红光闪闪。陶公掐指一算，便告知童子，石隙发红光处可能有稀有珍宝金剪刀，此大石磨盘及金剪刀均为上天仙界瑶池所赐降，并且有土地公日夜守护，应为积德行善、诚信者有缘所得，但必须由十个亲兄弟一齐抬起才可以。谁知童子一不小心把此秘密告诉他人，于是民间疯传，一传十，十传百，后传到安固（以前瑞安称安固县）县城常做善事的刘有德员外家。当时，刘员外娶了三个老婆，生下九个儿子和一个女儿。听到此事后，他便叫来九个儿子共同商量。老大和老二比较贪婪，主张把此稀有珍宝金剪刀得来后献给皇上，以让他们谋得大官光宗耀祖，至于不够十个兄弟，可以叫妹夫过来滥竽充数。于是他们备齐所用工具，约上兄弟、妹夫前往磨岩抬磨挖宝。正在此处守护的土地公以为来了有缘得宝的十兄弟，非常高兴，便暗暗施法，于是在众人合力下，大石磨盘被慢慢抬升上来。但就在金剪刀若隐若现之际，不知谁叫了一声："妹夫，用力啊！"土地公突然发现此事有破绽，原来是假冒的十兄弟，于是一生气立即收回法力，只听轰隆撼天动地的一声巨响，一道红光从石隙中冲天而去，大石磨盘又重重叠压在巨石柱上。那九兄弟和妹夫顿时吓得魂飞魄散，连滚带爬逃回家去了。

于是，千百年来，大石磨盘就依然与巨石柱叠合，兀立于福泉山东首山巅之上，后人皆称其为"磨岩"。

绿意苍郁的乌桕树下，凝望那座兀立山巅、身披阳光的磨岩，我顿生深深敬意：磨岩，真乃峻拔奇丽、人文气息浓郁的美妙之岩！

水乡古镇风情散记

早春三月，去瑞安水乡古镇林垟踏青。

刚走入林垟，倏忽映入我眼帘的是一条静美的河。

清晨的河面明澈如镜、波澜不惊，弥漫起一层淡淡的薄雾。河岸埠头，一个中年人手持一根长长的钓鱼竿，紧盯河面，纹丝不动。一条青石砌成的多孔桥默默横跨河流两岸。四周静得如同凝固的时空，而蜿蜒的河流仿佛一位婀娜多姿的睡美人，披着朦胧的薄纱，如梦似幻，唯有沿岸的石桥、农舍、田野、垂钓者、稀疏的树木，静静倒映在河心，犹如我国著名画家吴冠中先生笔下那幅脱尽尘埃、独具韵味的江南水乡水墨画，纯净秀逸，诗意浓郁，令人流连忘返。

太阳出来时，淡雾散去了，河面泛起粼粼波光。

沿河岸徐徐而行，不远就是林垟文化公园了。绿葱葱的公园树林里，到处是清脆欢快的鸟鸣。树下，几位老人正在怡然打着太极拳，一派自然和谐的祥和景象。透过大榕树垂下的枝叶，我隐约看到河对岸，绿树掩映之下，挨着一些青砖黛瓦的农舍，有几幢拔地而起的现代化大楼。

林垟河流分布密集，绕镇而行，清澈秀丽，而富有特色的是，民居又大多傍水而居，古时颇具河多、桥多、船多的水乡特色，被誉为“浙南威尼斯”。

油菜花开了，这是林垟这个季节最为亮丽的点缀。

苍穹是蓝湛湛的，河岸，广袤的田野金灿灿一片，明丽得炫目。绿油油的锯齿形叶片和沉甸甸的针刺状菜荚，缀满了晶莹的露珠，在明媚的阳光下闪耀着钻石般的光芒。油菜花鹅黄色的花瓣，鲜而不烈，美而不妖，一朵朵、一串串、一簇簇，恣意在风中昂首怒放，轻轻摇曳，铺天盖地地向天边蔓延。清新淡雅的馨香随风飘来，沁人心脾，在田野上柔柔弥漫，而金黄的蜜蜂和白色的蝴蝶则在高高的花丛间穿梭、追逐、嬉戏。

这是一片花的海洋，人行其间，仿佛被汪洋花海所淹没，与天地融为一体。

春风轻拂，田野上油菜花簌簌作响，开始涌动起一层层金灿灿的生命色彩，仿佛从浩瀚天际划过一道道金色的闪电，又如在广袤的花海荡漾起一波波金色涟漪。

“春满郊原水满堤。阴阴麦长菜花肥。丛丛蝴蝶斗香飞。洒金泥。浪叠黄云望欲迷。”忽然想起明代著名戏曲家高濂《豆叶黄 · 菜花》一词。

没有玫瑰的雍容华贵，没有牡丹的国色天香，但油菜花婉约清雅而卓韵不凡，绚烂壮美能穿透心灵，那种流光溢彩、无遮无拦的惊艳，浸透了江南特有的乡野风味，坦荡、清丽而质朴，如同高濂笔下的诗意，使我深为震撼和陶醉。

林埣有一条被称作“一线天”的街，临水而建，风貌古朴，最奇特的是，长不到两百米，街道两侧屋檐相接，巧留一线天际，而沿街服装、鞋类、农家土特产、风味食品等店铺鳞次栉比，商贩朝聚夕散。

古街临河，有着水上运输的优势，故此逐渐形成了繁华的商业街，从明清到民国时期再到现在，一直是林埣的商业中心，且“乡街文化”气息浓厚，无论是吃的、穿的，还是用的、玩的，几乎无所不有。人们白天可以随时在这里逛街、购物、玩耍、闲聊、歇脚，似乎找到了快乐的天堂。

出于商业竞争的需要，加之当时土地缺乏管理，商贩们纷纷极力把商铺往外挪建，以吸引顾客的关注，直至两侧的房檐快碰到时才罢休，仅留下一条如缝隙的天际，这样就产生了“一线天”街独特的风貌。

小街的店铺依然保留着古旧的砖木结构。夕阳的余晖从“一线天”的缝隙斜斜射进来，在斑驳的木楼古板门窗上闪烁着栗色光芒，弥漫起浓郁的古色雅意。

我漫步在窄窄的街路，一边品着“一线天”街意味深长的古味，一边想象着下雨时从“一线天”缝隙流泻而下的雨珠水帘之如烟似雾的诗情画意，恍然间觉得自己穿越在古韵悠悠的唐诗宋词般的美妙世界。

林垟，这个充满独特诗意风情的水乡古镇，犹如一颗璀璨美丽的明珠，在东海之滨的飞云江畔绽放着魅力。

圣井山石殿纪游

四月的一天，春光明媚。我与几位老同学自驾前往圣井山游览。

圣井山地处浙江东海之滨瑞安马屿的大南乡，海拔748.6米，是浙南一处有名的风景名胜区。与祖国各大名山相比，圣井山似乎并不出名，但它是浙南著名的道教圣地，令人深为仰慕向往。

圣井山有一座游人络绎不绝、香火旺盛的石殿，它是浙南年代最早、规模最大、保存最完整的石构建筑群，是浙江省唯一一座古代道教石构殿宇，充满了神秘的传奇色彩。

石殿原名许公祠，始建于南宋景定元年（1260），为纪念晋代著名道家人物许逊（239—374）而建，现存建筑物部分为明朝万历至清代光绪年间所建的。

进入庄严肃穆的石殿，但见烛火摇曳，香雾缭绕。烧香祈愿的善男信女进进出出，络绎不绝，虔诚的祈愿声不绝于耳。石殿坐西朝东，占地面积约480平方米，建筑面积约230平方米，由山门、牌坊、前殿、后殿和左右厢房组成基本对称的宫殿式格局。令我大为惊叹的是，石殿所有建筑及殿内陈设的案、床、凳等，均为青石和花岗岩等石料制成。

颇为奇妙的是后殿神座下，居然隐藏着一口半米见方、一米见深的泉眼古井，井水汩汩，水流浅动，清澈见底。双手捧水饮之，满口清香，清冽甘甜，顿觉神清气爽，通体舒畅。据说，这口泉眼古井，不论旱雨，均不溢不枯，水位始终不变，不仅能喝，味比甘露，而且常饮此水，还能吉祥无邪、长命百岁、幸运顺遂、一生平安。更有说法称，喝水时也有讲究，必须跪伏井边，捧水而喝，以示敬畏。

《瑞安县志》卷十《杂志·古迹》记载："石室下有井，深广尺许，水无盈涸，传云海眼。"

此井原名"青龙泉"，因常年"显圣"，故名"圣井"，"圣井山"由此闻名遐迩。泉眼古井因"圣"而名，自然受人青睐，于是产生了一个奇特的现象，凡来此处求神祈愿或游玩者，均会带容器取井水而去。

更为神奇的是石殿的"求兆梦"。在石殿厢房有"圣井梦室"，内设石床，以供人们祈求兆梦之用，即"求兆梦"。所谓求兆梦，即香客可在此石床夜宿，求得一个"好梦"，而这个"好梦"据说是神仙赐予的，非常珍贵。据传，八仙之一的张聪（1475—1539），即张阁老，少怀大志，聪颖好学，曾来此求得眼睛被挖去并钉在树上的一个梦，并以一"木"加一"目"为"相"字作为梦解，果然后来张聪考取功名，成为明朝内阁大学士，行丞相事。此后，圣井山"求兆梦"灵验的声名远播，求取功名富贵者纷至沓来。

群山连绵起伏，山色苍茫。善男信女们都希望自己美好的祈愿能够实现，于是香雾烛烟在石殿袅袅弥漫，使得整个神秘的石殿变得更加凝重起来。

阳光雨点般洒落在圣井山上，熠熠生辉，黄绿相间的茂密林草中似乎洇晕起如烟的山岚。此刻的圣井山仿佛一位遗世独伫的仙人，让梦想的光芒点亮人们心中虔诚、善良而美好的祈愿。

圣井山石殿，以独特的建筑、神秘的人文，令人深为着迷、赞叹不已。

赏龙脊记

龙脊，实为一组岩的名称，深藏于以风光旖旎、多奇岩怪石著称的浙南名山——大罗山之中，是一组神奇壮观的巨岩。

深秋时节，我偕同学慕名前往，以赏龙脊之神采。

登上木制观景台，赫然横亘在我眼前的就是这条静卧山岗、形似巨龙、突兀而起，并由天然大石自然组合而成的被称作龙脊的巨岩。

这是一组构造独特巧妙、造型惟妙惟肖的天然景观奇岩。它是由23块截断成节、大小各异、形状相似、青白相间的块状天然岩石自然排列组成的条形巨岩，总长约40米，宽约5米，最高离地8米左右。远远望去，犹如苍劲坚韧的脊骨，节节清晰，绵绵相连；又如身躯蜿蜒的巨龙，龙头龙身龙尾浑然一体，静静卧伏于大山深处的山岗之巅，昂首呈喷云吐雾、蓄势腾空之奇状，其情态栩栩如生、浑然天成，可谓奇哉妙哉，大自然鬼斧神工之处由此可见一斑。

龙脊为典型的火山岩结构自然形成。大约1.2亿年前，火山突然爆发，炽热的岩浆从海底裂缝中喷涌而出，又不断被海水冷却凝固堆积，形成了海拔700米左右连绵的大罗山山脉。经亿万年的地质构造运动，以及海水侵蚀和风化剥蚀作用，形成了龙脊现今奇异独特的自然地质景观。

传说，龙脊有神秘的“仙气”。某年的六月十九日，大罗山山顶祥云环绕，泉流潺潺，树林郁郁，香草布地。观世音菩萨在此山举办讲经盛会，听经者皆可得道升仙。开场这天，附近的东海龙王三太子闻讯，佛心漾动，也欣然赴会听经。盛会结束后，龙王三太子终遂心愿，与众仙徒共驾祥云升天，而他的躯壳就留在山中变为仙石，此即龙脊之由来。龙脊深藏山中，常人很难发现。有人附会说，来山中游玩者如能有幸见到龙脊，就会沾染“仙气”，能够保佑吉祥平安、万事顺心。当然这是一种美好的愿景。

沧海桑田，日升日坠，这条巨“龙”就这样默默隐居于天地间，静静卧伏在高岗上，亘古不变。

此刻，伫立龙脊之巅，极目远眺，头顶是蓝湛湛的苍穹，脚下是轻悠悠的白云，眼前是绿郁郁的层林，耳旁是劲飒飒的山风，我不禁陶醉其中，飘飘欲仙。

我惊叹于龙脊的壮观。在连绵起伏的苍茫群山中，在谷深树茂的高高山岗上，在呼啸浩荡肃穆的秋日林涛里，这条巨“龙”，就这样静静卧伏，似乎在凝神聆听天籁，又仿佛作蛰伏蓄势腾飞之势。亘古以来，无论是电闪雷鸣、风雨交加，还是风和日丽、云起云落，龙脊，始终是那么宁静安详、豪迈雄壮。其气吞山河的磅礴态势，深深震撼着我的心灵。

龙，乃吉祥美好福愿、顽强进取精神的象征。东汉许慎的《说文解字》里说“龙”是“鳞虫之长，能幽能明，能细能巨，能短能长，春分而登天，秋分而潜渊”。它的蛰伏是为了蓄势，蓄势是为了腾飞，它的静静卧伏，能从容抗衡雷电风雨击打，抵抗任何美景丽物诱惑，而它一旦腾飞在天，必将撼天动地，势不可挡。

由神奇壮观的龙脊，我不禁想到了护佑中华、志腾万里的“中国龙”，想到了中华民族刚强不屈、百折不挠的“龙”的精神。

神哉，龙脊！奇哉，龙脊！壮哉，龙脊！

滩脚风光

欣闻瑞安滩脚堰坝已经建成，我便兴冲冲地约上几位老同学驱车前往游览。

远远望去，滩脚犹如一只大脚，突兀地扎在江滩，而滩脚堰坝又如一条长龙横跨飞云江两岸，气势磅礴，颇为壮观。

独伫堰坝，一条墨绿色的江水逶迤而来，仿佛一块巨大的碧玉，徐徐铺展在我面前。江水澄澈而明净，阳光金子般抛洒在波光粼粼的水面，闪耀着钻石般的光芒。几条灰黑色的鱼儿则在江中不时游来漂去，飘逸而秀美。江水拍在坝体的层层青石台阶上，发出哗哗的流水声，又冰裂般碎开了一堆堆雪白晶莹的水花，随风四溅，那是一种怎样惊艳的醉美啊！遥望远方，沿岸茂林修竹，郁郁苍苍，黛绿色的群山连绵起伏，浩渺苍茫，弥漫着淡淡的烟雾。

滩脚堰坝跨度520米，是浙江省目前“八大江”中下游河段最长的跨江堰坝，蓄水后不仅可以为飞云江下游调水提供水源，在瑞安高楼段形成一个面积约140公顷、库容为330万立方米的天然生态景观湖泊，还可以以此为核心，建设滨水游乐场，打造集娱乐、观光、游览、休闲为一体的飞云江水旅游场所，同时可以沿飞云江串起美丽田园、乡村和集镇特色，创建宜居人文、生态环境，促进乡村振兴发展。“水上慢城”——滩脚堰坝景观蓄水工程在此地初步建成，开始展现出秀逸清丽的魅力。

我惊叹于滩脚巨大的变化，沉醉于滩脚打造的现代化的美妙自然生态风光而流连忘返，但我在赞叹之余，又总觉得现在滩脚的自然生态风光似乎缺少了什么。因为滩脚是东海之滨——浙江瑞安飞云江高楼段的一个小山村，也是我的第二故乡，而在我儿时的记忆中，虽然这个小山村以前名不见经传，但滩脚的自然生态风光自有一种原始天然的和谐之美，如诗似画，十分独特迷人，在我心中留下了永难磨灭的美好回忆。

我记得，这条江原来是被一个大沙洲隔成两条江，一条紧靠滩脚，被称为外条江，一条傍依滩脚对岸的马前村，被称为里条江。一条简陋的石坝就筑在这条江上。每天晨起晚睡，听见的依然是石坝上哗哗的江水声。

春天，我喜欢在江滩上寻找鹅卵状的江石。鹅卵石遍布江滩，虽大小不一，但都光滑圆润、色彩斑斓，或艳红，或灰白，或酱紫，或棕黄，或嫩绿。大自然真是一位妙笔神工的高手，让江滩的鹅卵石在江流的日夜冲刷、岁月恒久的沉淀中，被雕刻成精美绝伦的艺术杰作：有的如高山流水，有的像童子戏水，有的似翠林鸣鸟，有的犹盛开菊花，真的是异彩纷呈、琳琅满目。我常常把捡到的奇石摆放在自己房间，爱不释手。

每当太阳初升或者晚霞满天之际，伴着哗哗的江水声，江边总不时响起村姑们清脆的捣衣棒槌声、银铃般的说笑声。

江滩上还有一片绿意葱郁的滩林。清晨，阳光透过浓枝密叶，在江滩上投下斑驳的树影，滩林里到处是鸟雀婉转的啁啾声。春雨淅沥，我常常听到从滩林深处传来轻微的雨打树叶的沙沙声，如泣似诉，那种奇妙的音符，在绿郁郁的滩林里弥漫起一片诗意古韵。

滩脚的春天，犹如一幅超尘拔俗的世外桃源图，那种宁静安详、淳朴温馨的田园风情，充满了诗意盎然的绝世之美。

夏天，江水清澈透明，一眼可以看到在水底忽东忽西、摇头摆尾畅游的，或鲜红，或淡绿，或银白，或黑亮，或橘黄，五彩缤纷的鱼儿。于是每当月色皎洁，人们在树荫下乘凉、聊天之际，我则与儿时小伙伴们一起打着手电在江中浅水区捉鱼捕虾，一旦有了“战果”，小伙伴们咯咯咯的笑声就会响彻静谧江滩，传得很远很远，此情此景充满了快乐的童趣。

江沙细腻柔软，赤脚踩在上面充满弹性，非常舒服，简直是一种美妙的享受。江浪轻轻拍击岸边沙滩，不时泛起晶莹如雪的泡沫。

里条江和外条江各有一只木制的摆渡小船。摆渡时，除了艄公在船尾划桨掌舵外，总有一位摆渡客自行挺立船头，拿起竹篙轻轻一点，小渡船顷刻就像一片飘叶悠然荡开，然后船头的摆渡客用竹篙不时地左点右插，小渡船不断避开湍急的江流，轻松自在地飘然而去，转瞬就抵达了对岸。那种飘逸洒脱劲儿，至今令我回味无穷。

秋天，江中的大沙洲开满了一丛丛、一簇簇雪白的芦花。行走在秋风萧瑟的沙洲，我看到雪白的芦花在阳光下、江面上飘飘洒洒、闪闪烁烁，如纷纷扬扬的雪花，似漫天飞舞的精灵，洒脱飘逸，袅娜多姿。

芦花盛开时，我还看到江面上有随风扯起的一面面白色的船帆。满载货物的木帆船在清澈的江面上朝着东海口方向悠然漂荡航行。船帆排列着整齐的队形，飘啊飘啊，如一朵朵美丽的白云，在澄澈的江面上一一飘荡而过，一直延伸向远方，并渐行渐远。

江水开始有些变浅了，有的地方江流比较湍急。于是在这寒风劲吹的季节，船夫们脚踩江岸发硬的土地，肩上拉着粗壮的船索，低着头，弓着腰，哼唷哼唷地吼着号子，拖着沉甸甸的货船，一步一步地缓缓前行，粗犷激越的号子声响彻在江面，在崇山峻岭间久久回荡。

芦花、船帆、船夫、号子声，相融相合，浑然一体，构成了滩脚别具一格的美丽秋景，仿佛一幅诗韵隽美、意境雄阔的风情画卷，深深震撼了我的心灵。

冬夜，江面弥漫起淡淡的雾，在闪耀的星光下，显得更加朦胧。远处的群山，江滩的树林，影影绰绰，沉寂无语，犹如一幅静美的水墨画。这时候就是打鱼人撑鸬鹚竹排捕猎香鱼的最好时光。

当年，由于水质清澈良好，外条江里生长着一种叫香鱼的名贵江鱼，是打鱼人最重要的渔获，不仅因为其闻名遐迩的美味，还因为捕获后可以卖个好价钱。当然，打鱼人生性淳朴，并且当时也有点生态意识，为维护这种名贵香鱼资源的可持续利用，以确保捕捞的细水长流，他们绝对不会去滥捕滥抓，也不去电鱼炸鱼，只是偶尔以鸬鹚捕获一下，以改善生活，所以香鱼得以在外条江里不断生息繁衍。

寒夜，江湾竹林深处，倏忽闪过一抹璀璨的光芒，一条竹排飘然而出。在竹排尾部那盏雪亮的煤油灯照耀下，可以看到竹排的前头昂然兀立着四五只毛色黑白相间的鸬鹚，它们默伫不动，双翅紧绷，锐钩状的长喙也紧紧闭着，双眼鼓得又圆又亮，紧盯静静的江面，而打鱼人则身披棕色的蓑衣，双手撑着竹篙，左点右插，开始在江面上游荡，寻觅目标香鱼。一旦发现鱼情，他便朝鸬鹚们吆喝一声，然后用竹篙一挥。鸬鹚们马上接受指令，纷纷扑通扑通跃入江中，潜入水底，眨眼间就各自叼着一条剧烈颤动尾巴、闪烁银白色鳞光的香鱼跃上竹排。于是，打鱼人赶紧用手一一掐住鸬鹚的喉咙，让鸬鹚把口中的香鱼吐出，再把香鱼放进竹排盛水的木桶里。

香鱼是长条形的，嘴巴似乎有一抹红，此刻在木桶里活蹦乱跳，鳞光闪烁，水花四溅。

香鱼被誉为“淡水鱼之王”，主要生长在水质良好的淡水江河之中，其体扁狭长，鳞片细密泛光，色彩青黄相间，最为独特的是其通体溢香，也正是因此而得名，而香味其实源自其脊背蓄满香脂的腔道。为了能够品尝到这种有名的香鱼，我们往往在深夜的江岸等待，直到打鱼人捕获香鱼上岸后，便争先恐后地购买。把香鱼剖开洗净后，或红烧或清炖，一种奇特的黄瓜般的清香扑鼻而来，沁人心脾，咬一口，肉嫩质细，不腥不咸，味道鲜美，满嘴喷香，余味悠悠。

据说，香鱼还具有药用价值，其肉可入药，对人具有补气活血、健胃护肝、滋阴补阳、提高免疫力的功效，目前已经被列入《中国濒危动物红皮书》《世界自然保护联盟濒危物种红色名录》等。

一方水土养一方人。据说，滩脚山清水秀，藏龙卧虎，是块宝地。果然，从这个小山村出来的好些人都有了不错的发展。

长大后，我到城里工作了，很少回去，但时有想念。经常与发小聊起儿时滩脚迷人的自然生态风光，每当此时我心中的想念就更为强烈。后来，听说滩脚那里出现了非法采砂、采石的，滥采滥挖，其沿岸的自然生态风光几乎被破坏殆尽。于是我心急火燎地赶过去一看究竟，结果发现生长的绿意苍郁的滩林以及遍布精美绝伦的江石和细腻柔软沙子的江滩不见了，江水变得浑浊了，芦花、船帆、渡船以及村姑的笑语和鸬鹚竹排夜景完全消失了，漂亮的江虾和摇头摆尾的鱼儿更是了无踪迹，至于奇香美味的香鱼也早已绝了种，整个里条江和外条江被弄得几乎断流，而呈现在我眼前的，除了几台挖掘机外，就是野草疯长，淤泥遍地，乱石丛堆，一片荒芜。幸好，后来瑞安市政府出台专项整治文件，依法严厉打击非法采砂采石行为，并初步建起了滩脚堰坝景观蓄水工程，这才使得非法采砂采石行为得到有力遏止，滩脚的一些自然生态风光才得以幸存。

通过现代化打造，滩脚自然生态风光的面貌焕然一新。尤其“水上慢城”——滩脚堰坝景观蓄水工程的初步建成，更是功在当代，利在千秋，不仅很好地维护了飞云江中上游沿岸自然生态风光，而且为飞云江下游调水提供水源。但可惜的是，由于过去非法采砂采石的大肆破坏，滩脚的自然生态风光已经失去了很多原始天然的和谐之美——儿时记忆中那种人与自然和谐相处、天然美好的原生态风味。

我想，大自然是慷慨的，只要人类能够敬畏自然，尊重自然，并努力维护生态平衡，与自然和谐相处，那么大自然给人类提供的美好资源也会源源不断。否则，人类就要遭受大自然的惩罚。假如，现在的滩脚除了人为打造的自然生态风光外，还能够拥有精美绝伦的江石、村姑清脆的笑语、细腻柔软的江沙、绿意苍郁的滩林、五彩缤纷的鱼儿、轻松自在的摆渡、漫天飞舞的芦花、悠然飘荡的白帆、粗犷激越的号子、鸬鹚竹排的夜景，甚至还能够品尝到鲜嫩飘香的香鱼等，这些我儿时记忆中迷人的原始天然、充满和谐之美的自然生态风光，那又该是一幅多么富有美好诗意的生活图景啊！

西山感怀

三十多年未登过西山了，依然念念不忘，不知西山有无变化。

回到家乡后，心中又涌上这份念想，遂欣然登西山而去。

西山是我的家乡浙江瑞安市内的一座小山，虽然不是名山大川，但历史渊源悠久，人文气息浓厚，有著名的全国首家综合性国旗教育馆和数字化国旗互动空间，还有旖旎风光，景色独特，常常令人流连忘返。

现在，西山已改建为公园。它是我儿时玩耍的天堂，有电影院、小人书摊等，是当时瑞安旧城最繁华的文化娱乐中心。

西山又称西岘山、紫霞山、鳌山，在瑞安旧城的西部。它临江而屹，景色秀丽，富有传奇色彩。相传有一天，唐朝著名道士马湘云游到了瑞安，对此山环水拥城的龙虎之势颇感兴趣。他登山巅遥望，只见飞云江入海，云飞浪涌，水天一色，不禁逸兴遄飞，就此择定筑修精舍供奉玉皇，称“玉皇宫”，又在附近岩石平坦处，修建丹台，并题诗：

何用烧丹学驻颜，
闹非城市静非山。
时人若觅长生药，
对景无心是大还。

西山有前山与后山之分，人文气息浓厚。前山有四贤祠，是西山著名景点之一。

沿四贤祠拾级而上，林荫小道郁郁葱葱。桂花树开满了黄色的小花，时而在风中飘落，散发出干净的芳香。夕阳从树隙间透射进来，闪烁着钻石般的光芒。

四贤祠其实就是一个亭子（故又称四贤亭），大约有50平方米，前面是拄笏亭，祠亭连檐，风格古朴，构筑独特。祠内有暗色的穹顶，朱红的木柱、横梁以及青砖砌成的方柱，木柱和方柱底下拄着或圆或方的磉盘。祠中墙壁嵌有四位贤人乡哲的石刻画像和简介。

四贤祠是奉祀许景衡、陈傅良、高明、卓敬四位著名的瑞安贤人乡哲的纪念建筑物。祠宇原为南山律院，后经邑人倡议改祀上述四位贤人乡哲，故清同治五年重建四贤祠。四位贤人乡哲高风亮节，博学多才，为后人所敬仰。许景衡（1072—1128）为瑞安白门人，元祐九年进士，累官至尚书右丞，为官清正，是北宋一代名臣和杰出政治家；陈傅良（1137—1203），为今瑞安塘下人，乾道八年进士，是南宋永嘉学派代表人物之一；高明（1305—？），瑞安阁巷人，元至正五年进士，历官处州录事等，元代著名戏剧作家，被誉为“南戏鼻祖”，著有《琵琶记》；卓敬（？—1402），今瑞安云周人，明洪武二十一年进士，累官至户部侍郎，生性耿直，敢于秉公直言，是明初忠贞之士。

傍晚的四贤祠，游人三三两两，大多为老年人。在亭里、亭外和老年活动中心，他们有的在下棋，有的在闲聊，有的在打麻将，有的在看露天大电视，怡然自得，悠闲轻松。

记忆中的四贤祠是二十世纪八十年代瑞安最具文化气氛的热闹地方。那时候，这里主要的休闲方式就是听温州鼓词。人们每天都聚集在这里，开心地听听鼓词、聊聊天，快乐洋溢在每个人的脸上。

温州鼓词，又称瞽词或盲词，俗称唱词，是浙南地区最主要的曲艺种类，亦为华东地区和浙江省民间曲艺的主要曲种之一，发源于温州瑞安，流传于温州、青田、玉环等地区，其艺术表演形式以一人演唱为主，长于抒情，善于叙事，通俗易懂，内涵丰富，且唱腔押韵，音节和谐，保持了民间说唱音乐的特色。

记得小时候，每到深秋时节，我和发小就喜欢上四贤祠听唱词。表演开始时，亭中间的椅子上常端坐一位四十岁左右的男艺人，其左手执拍板，右手持鼓签（竹签），敲奏琴、鼓、梆、锣。悠扬的鼓琴声伴着艺人有声有色的说唱，如泣如诉，声调时而高亢，时而悲哀，时而急急如暴风骤雨，时而慢声如云淡风轻，口中则幻化出千姿百态的人物形象，营造出纷繁复杂的故事情景，加上眉飞色舞、活灵活现的表演，往往把听唱词的听得如痴如醉，欲罢不能。亭子外面的风很大，冷飕飕的，但亭子里人群挨挨挤挤，却感到非常暖和。秋虫在草丛中不时幽鸣。时悠时急的鼓琴声在萧瑟的秋风中显得更加空旷清远。

如今，悠扬的鼓琴声随着岁月的流逝而远去了，四贤祠已经没有了当年的热闹，令我产生些许落寞的感觉。但看着怡然自得、悠闲轻松的人们，我想，时代变了，人们的休闲方式也变得更加丰富多彩、更加快乐了，这难道不是时代的进步吗？

四贤祠在淡黄色夕阳余晖中临江兀立，犹如沉思的哲者。

从四贤祠下来，沿后山高高台阶而上，是西山烈士陵园。

临近黄昏的陵园，非常静穆，高耸的纪念碑在夕阳的斜照下闪耀着金黄色的光芒，仿佛在无声地述说着当年浴血奋战的革命历史。与烈士陵园相邻的，则是2019年9月建成的全国首家综合性国旗教育馆和数字化国旗互动空间——瑞安国旗教育馆。1949年，瑞安人曾联松设计的五星红旗图案在2992幅设计图案中脱颖而出，被定为中华人民共和国国旗图案。国旗馆前的旗杆上飘扬着国旗，馆内穹顶中央装饰着鲜红的国旗，展柜里、展板上、屏幕中也有着大大小小的国旗实物或图案。国旗馆很大，总建筑面积约2600平方米，共有四层，分设国旗诞生厅、国旗知识厅、国旗荣耀厅、瑞安发展厅四个主题厅。难得的是国旗馆还藏有一件珍贵的"镇馆之宝"——编号2019-0046国旗，它是北京市天安门地区管理委员会赠予瑞安的，曾在2019年5月10日至5月12日于天安门广场国旗杆悬挂使用。对瑞安来说，这面国旗意义重大：七十年前的5月10日，瑞安和平解放。

俯瞰山下，层林叠翠，绿意苍郁，环山人行道上游客步履悠然而从容。红旗在秋风中猎猎飘扬，在夕照中熠熠生辉，此刻的西山一片宁静安详。是的，战争的枪炮声早已离我们远去，我们的岁月变得如此静好，但这静好岁月，是否因每人心中都飘扬着这样一面永屹不倒的红旗？

西山面临的那条江就是浙南非常有名的飞云江了。此江曾名罗阳江、安阳江、安固江、瑞安江，是浙江省第四大河、温州市第二大河，发源于景宁畲族自治县洞宫山白云尖，自西向东流经泰顺、文成等县，在瑞安上望镇新村入东海，干流长193公里。南宋著名诗人陆游在《泛瑞安江风涛贴然》诗里曾这样赞美飞云江：

俯仰两青空，

舟行明镜中。

蓬莱定不远，

正要一帆风。

飞云江如一条美丽的带子，绕过西山奔腾东去，独流入海，西山，则成为瑞安这座千年古城的重要地标。记得二十世纪八十年代，我离开旧城到瑞安高楼山区工作。由于公路上汽车较少，来回交通极不方便，所以有时只能乘飞云江上的轮船回家。轮船在黄浊的江面上劈波斩浪，快到瑞安城时，悠长的汽笛就鸣响了。

这时，跃入我眼帘的就是这座既亲切又熟悉、令我欣喜万分的西山：哦，到家了！

在西山之巅观赏飞云江是一件非常惬意的事，美景堪称一绝。当然，最佳的观赏点就在原广播站遗址，即现在的国旗馆附近。记得以前广播站这里有个小亭子，亭子上有个铁做的爬梯。年轻闲暇的时候，我与友人常常通过爬梯到亭背观赏飞云江。坐在亭背，头顶是蓝蓝明净的天，耳旁是飒飒吹过的风。我们可以听潮起潮落，观日升日坠，赏云起云飞，望水天苍茫，思渺渺心事，聊未来畅想，可谓风华正茂，激情飞扬。至今我的脑海中还常常出现这样一个难忘的美丽剪影：清晨，一轮红红的朝阳冉冉升起，一艘扬着帆的渔舟从广阔的飞云江水面上穿过晨曦缓缓而行……

而今，这个小亭子随着西山公园的改建已经消失了，留给我的只有对美好往事的追忆。我的心情此刻不免有些失落。

“呜——”一声长长的汽笛响彻飞云江江面，震动了寂静的山林。原来是一艘蓝白相间的载客渡轮从对面南岸劈风斩浪而来。

哦，渡轮开始进港泊岸了。

身披夕照，迎风独伫西山之巅。聆听山林归鸟的啁啾，凝眸远眺，映入眼帘的是广阔江面上新建的气势雄伟、灯光璀璨的跨江大桥。地平线上橙红色的落日把天边染红了，把江面染红了，把西山染红了，仿佛燃烧一般，难道也在表达对大地的深深怀念和眷恋吗？于是蓦然顿悟：人，应该学会舍弃，即使曾经有过美好的回忆。因为旧的不去，新的就不来，新时代在变革中总要舍弃一些旧东西而实现华丽转身的，就如这夕阳沉落时，大桥必将亮起光彩夺目的灯光……

第四辑

那人那事

广场，阳光下粲然绽放的笑容

那是一个极美丽的假日早晨。

像往常一样，我来到瑞安人民医院对面的玉海广场，静静地坐在一张石椅上休憩。

洒满阳光的广场，三三两两的游人在散步，几个孩子正在广场中间跑来跑去，追逐嬉戏。

这时候，我的心蓦然一颤，两眼像被吸住似的定格在离我不远处的一角。

在那儿，我看到一个五六岁光景的剃小平头的小男孩。他安静地坐在一张背靠草坪的石椅上，把头紧紧偎依在一位黑瘦的农妇身上。令我惊异的是，这是一个正在患病接受治疗的小男孩。因为我注意到，他的左臂此刻正吊着盐水在打点滴呢。那个女人也许是他母亲吧，一边高高举着一个拖着长长输液管的药瓶，一边关切而充满慈爱地注视着小男孩的一举一动。尽管她那张瘦削的脸早已疲惫不堪，可她依然纹丝不动地高举药瓶，一直默默地守候在小男孩的身旁。

阳光明媚。

光环罩着母子俩，柔柔地照在小男孩那张充满稚气而寂寞的脸上。也许是对城市医院感到陌生和害怕，也许是挡不住外面精彩世界的诱惑，总之，这个寂寞而略显忧郁的生病的孩子，一边在母亲的陪伴下，坐在石椅上打点滴，一边出神而好奇地注视着广场前方那条城市的马路。

那是一条宽阔平坦、绿荫茂密的柏油马路。行人川流不息，车辆穿梭不停，到处洋溢着欢声笑语。阳光穿越高楼大厦，在马路旁树隙间跳荡着，在每一张鲜活的笑脸上晃动。

太阳依然暖暖、柔柔地照着。那个药瓶里的药液正沿着细长的输液管，在阳光下一滴一滴、源源不断地流向小男孩手臂纤细的静脉。

不久，我发觉小男孩朝我坐的方向微微侧过头。

“妈，你看，多美的花！”一直沉默着的小男孩突然发出一声欢呼。

我蓦地看到小男孩的眼中闪过一丝奇异的亮色。

顺着小男孩的手指，我看到在我们中间的那块草坪上，正如火如荼地盛开着一丛红艳艳的杜鹃花——

那是一丛开得极热烈极奔放的花。矮矮的灌木丛中，缀满一朵朵灯盏般张开的鲜花，红红的、娇嫩的花瓣含着晶莹的露珠，在阳光中随风微微颤动，像是一堆正在燃烧的、跳动的生命火焰。

小男孩笑了，笑得一脸灿烂。

小男孩的母亲也会心地笑了，从眼角悄然溢出晶莹的泪花。

广场上，那阳光下快乐而幸福的美好笑容，粲然绽放，从此永驻我的心中。

那的确是一个极美丽的早晨。

致敬，沙龙青春

在我记忆的长卷中，沙龙青春，是一页流光溢彩的册页。

沙龙一词，源于意大利语单词“Salotto”，是法语Salon一字的音译，原指法国上层人物住宅中的豪华会客厅，后来引申为名人的社交场所。于是，沙龙成为风靡世界的文艺聚会、时尚活动。这一“高大上”的舶来品，也开始在二十世纪九十年代改革开放的瑞安萌芽，并在年轻人中流行起来。当时瑞安沙龙的发起人是杰，组织者是勇，有音乐、舞蹈等不同侧重的分组。

那时候，文学也开始在瑞安兴盛，成为一些有为年轻人的时代标签，成为作家自然也成为文学青年的心中梦想。于是，在我的发动组织下，在瑞安沙龙里也成立了一个由十几位年轻文友组成的文学组，办起了油印的民间文学刊物《方舟》，并由我担任主编。

有了《方舟》这样一个发表园地，大家在写作上更是斗志昂扬。我们每天都在读名著、“爬格子”，热烈探讨，憧憬满怀。我们认真努力地修改、编辑和排版，当一张张散发着清新墨香的《方舟》送到每一位组员手中，当看见浸透辛勤汗水的文字变成了一篇篇精美散文、诗歌、小说等文学体裁的铅字时，我们不禁手舞足蹈，欢呼雀跃，别提有多激动、自豪和开心了。

我记得在我家一个空置的旧房子里，还举行了一次《方舟》创作笔会。当年市文化馆的陈小萍老师亲临指导，给予我们许多勉励，大家还踊跃发言，气氛热烈，梦想和激情荡漾在每一张年轻而兴奋的脸上。尽管《方舟》早已停刊了，但它无疑是当时我们沙龙文学青年的心灵家园。

沙龙还有一个技艺精湛的乐队，由弹吉他的万、奏电子琴的忠、滚沙球的群以及打爵士鼓的国四人组成。可以说，这个乐队就是我们沙龙的旗帜，只要他们在哪个场合出现，我们这些音乐粉丝就会跟随。当美妙乐曲悠扬响起，我们便成双结对地跳起了华尔兹、慢四步、探戈等，还会跳劲舞迪斯科恣意狂欢，一展我们郁郁勃发的青春。

万的家在西门街。他家的大院子里有一个竹丝瓜架。盛夏的傍晚，沙龙文友们常常聚集在这里，或朗诵诗文，或探讨人生，或弹唱歌曲。绿荫密布的竹丝瓜架上，缠绕、爬满了纤细的丝茎、多棱的瓜藤以及大掌般的翠叶，吊垂着一条条或直或弯嫩绿色的大丝瓜，金黄色的瓜花在竹架上慢慢绽放，在轻拂的晚风中飘来淡淡的清香。

万轻轻弹起了吉他民谣《驿动的心》。柔美的吉他、优美的旋律伴着他充满磁性的演唱以及我们的诵读声、慷慨激昂的探讨声、倾情而发的哼唱声、清脆悦耳的谈笑声，在竹丝瓜架下不断弥漫。璀璨的星光从我们头顶的竹丝瓜架上方倾泻而下，照着一张张激情满怀、浪漫洋溢的年轻笑脸。

充满梦想、激情和浪漫的沙龙还见证了纯真美好的爱情。洁年轻时是一位美貌少女，是无数年轻沙龙文友所热烈追求的美丽“小龙女”。三十多年过去了，无情岁月淘尽了青春芳华，她变得更加成熟雍容，至今仍然保持着高雅气质。尤为难得的是，她至今还保存着一张当年某位沙龙文友写给她的情真意切的求爱明信片，上面写着：“你的红帆能载我共航吗？”

几次搬家和清理，几乎所有旧的东西都舍弃了，但唯独这张旧明信片洁一直珍藏着，并不断在我们这些沙龙旧友间探寻谜底：这张明信片究竟是谁写的呢?

尽管谜底已经初步揭晓，但在物欲横流的今天，洁仍能拥有这份纯真美好的感情，的确是弥足珍贵的。

当然，沙龙后来也真正成就了两对文友完美的青春情缘，那就是忠与婵、中与阳。

沙龙，给我带来了青春的梦想、激情、浪漫和纯真美好，在我心中留下了永久的回忆和深深的怀念——

致敬，沙龙青春!

漂泊的日子

二十世纪九十年代，因没有住房，我们一家在市区租了一套三室一厅的商品房，在这个临时栖身之所里和和美美地生活着。

没过多久，房主办工厂，要我们腾出一间做仓库。我想，腾一间就腾一间吧，反正两室一厅也够用。但没几天，房主又提出要我们再腾出两间做工人寝室。这一下，我可气炸了肺：一家人挤在小小一室，这不是明摆着逼我们搬出去吗?

我把这件事告诉了妻子。妻子静静地听完后，劝我说："你也不要太急。先搬到我娘家去住吧。"

妻子的话，令我内心好一阵感动。这几年，因没有住房，妻子跟着我着实吃了不少苦头，但她从没怨过我一句。

岳父家是三世同堂，全家挤在一套三层楼房里，现在再加上我们一家三口，住房更显困难。我常常觉得过意不去。妻子在乡下教书，从市区到乡下又有一段很长的路。每天，妻子总是骑着自行车，急匆匆地奔波于城乡之间，有时回来晚了更令我们担忧。眼看妻子的脸庞日益消瘦，我又心疼又内疚。一天，我对妻子说："我们还是到你单位的教师寝室去住吧！这样你既不需要每天来往，也不会增加爸爸家的麻烦。""可是，你在市区上班，怎么办？"妻子有些忧虑。我笑了笑："就让我每天往返吧！我是男人，总比你们女的强。"事情就这么定了下来。

于是每天无论刮风下雨，我都骑着自行车，接力赛似的往返于城乡之间。这样两点一线式的远程运动真累得我够呛。但我想：只要我们一家平安快乐，累点又何妨?

有一年的三月份，四岁的儿子居然发起了四十度的高烧。当我们惊慌地抱起他赶到医院挂盐水时，儿子突然惊叫一声，一下子休克过去。我们慌了神，手忙脚乱地将儿子送到抢救室。

儿子总算被抢救了过来。医生诊断为高热惊厥，当即让儿子住进了医院小儿科。

按住院规定，只准许一个人陪床。但儿子是我们的心肝宝贝，加之年纪又小，因此我们好说歹说，才让我们夫妻一同留了下来。我们日夜守护在儿子身边，精心护理。由于陪人的床铺不够，我就到医生值班室拖来一张长椅，倒头便睡；妻子则在病床上半躺着，高度紧张地和衣睡在儿子身旁。真是祸不单行，妻子因劳累、忧愁过度，胃溃疡的老毛病又发作了，半夜里常常疼得冷汗直冒。我赶紧去买来几盒养胃丸，权作临时治疗。我全力以赴地照顾着他们娘儿俩，累得精疲力尽，身体几乎垮了下来。但我还是挺住了。

一个阳光明媚的上午，儿子终于病愈出院。我们抱着孩子，雇了一辆三轮车，一家三口高高兴兴地朝岳父家奔去。在车上，好奇的儿子看这问那的，不时乐得咯咯直笑。妻子瘦削的脸上也出现了少有的舒心笑容。看着此刻正沉浸在无限快乐中的母子俩，回想这几年一家人在艰难中相依相扶走过的每一个难忘日子，且不知今后又将漂泊何方，我百感交集，久蕴在心的泪水不禁夺眶而出：这浸透爱意的患难亲情啊，世间还有什么比它更珍贵?

橘黄色的灯

夜幕中，一盏小小的台灯倏地亮了。

橘黄色的灯光静静地倾泻在净亮的书桌上。

轻轻地，你打开一本厚厚的《史记》，灯光下，依然是那张憔悴而坚毅的脸。

窗外，是霓虹灯闪闪烁烁的街道，是摩肩接踵的如潮人流。

然而，你与这一切无缘。因为当生活的潮流奔向日益膨胀的物欲享受时，你知道，不愿随波逐流的你其实已成为一个被遗弃在沙滩上孤独的小贝壳，而唯一能支撑自己心灵世界的，便是这盏橘黄色的台灯。此刻，你在静静聆听历史深沉苍凉地述说，或慷慨悲壮，或真切冷峻，或意味深长……你仿佛在听一位饱经沧桑的老人娓娓而谈，为之激奋，为之唏嘘，为之深思，在这幅交织着血和泪的恢宏的历史画卷中体验一种生命的雄浑和凝重。你从楚汉相争的成败得失中去领悟一种人生的睿智，从太史公“桃李不言，下自成蹊”的感喟中去把握一种生命的踏实，从廉颇、蔺相如的“将相和”中去品味一种人性的豁达……

当你借历史老人深邃的目光洞穿了现实厚重的外壳，你心中蓦然鼓荡起一种汹涌澎湃的生命激情。于是，你铺展稿笺，一任激情如深谷中奔泻而出的瀑布，在这广袤的文学世界倾注着你所有的喜怒哀乐。

外面，依然是一派灯红酒绿。

但你，还是拒绝了这一切的诱惑。因为你知道，这繁华表象后往往隐埋着许多生活的卑污和陷阱，而独守孤灯，与书相伴，与笔同拥，你才深深感到自己守住的是一种高洁、安详的生命。

不知什么时候，窗外悄悄地下起了冷雨。淅沥的冷雨敲打着窗棂，发出了沙沙声响。而此刻，你独坐灯下，静静地捧书而读，抑或奋笔疾书，就这样让淡淡的光晕柔柔地、暖暖地罩着，于是你心中弥漫起的是一种温馨的感觉。

万籁俱寂。

夜幕中，依然亮着的是那么一盏小小的橘黄色的台灯。

保姆刘婆

为照顾四岁的儿子，我委托岳母雇来一位六七十岁的老保姆。

保姆姓刘，我们叫她刘婆。人很黑，但很健壮，是瑞安陶山人氏。

那时候，因没有住房，我们一家暂借住在母亲一间只有十平方米的教师宿舍。刘婆到我家后，住房更拥挤了，她只能与我们一家同住一室。居室狭小，放不下另一张床，刘婆便打开我母亲那张旧沙发，当作自己的床铺。拥挤、简陋的居住条件给刘婆的生活带来种种不便，我猜想刘婆肯定会受不了而一走了之的。可谁想，在这种困窘的生活中，刘婆以她山里人特有的吃苦耐劳精神熬了过来，且毫无半句怨言。

刘婆的职责是照管我儿子的日常生活，可勤快的刘婆除此外几乎包揽了我家的一切家务。每天天刚亮，刘婆就早早起床忙碌开来：先是煮饭、扫地、烧开水，然后又给我刚起床的儿子洗脸、喂饭、带他散步、给他讲故事，等等。儿子玩累了，刘婆哄他睡下后，又利用这个空隙，找出我家所有换下的脏衣服，用肥皂粉浸泡在大浴盆里，一件一件地刷洗。饭后，她又抢着收拾碗筷、拖洗地板、整理房间，像一只不断旋转的陀螺，一天到晚忙个不停。有时我们叫她休息一下，由我们自己来做，可她说什么也不肯放手。

看着居室中那张权作床铺的沙发和刘婆忙碌的身影，我心中时常感到一种深深的内疚。于是便同妻子商量，准备再给她加点工钱。但宽厚的刘婆总是摇摇头："只要你们不嫌弃我就好。"从刘婆的口中，我得知她的身世。原来，刘婆有一儿一女，女儿出嫁了，丈夫去世后，她与儿子、儿媳同住。但儿媳对她总是鸡蛋里挑骨头，怎么看都不顺眼，常常挑拨儿子跟她吵架。她一气之下，就离家出走了。她抹着眼泪说：“我要自己养活自己，再不受儿媳的窝囊气了！”

为了解决住房问题，我心急如焚，到处奔波，有时一烦躁，就与妻子怄气，弄得家庭氛围很僵冷。这时，善良的刘婆就会悄悄过来劝慰我：“常言道，和气生财，和气生福。你怎么能跟媳妇过不去呢？”经她这么一点拨，我与妻子彼此消了气，重归于好，家中又传出了欢快的笑声。

好不容易从单位分来了一套两室一厅的宿舍。我高高兴兴地着手装修。但有一天，我忽然接到母亲一个电话，说刘婆今天在路上摔伤了。当我和妻子火急火燎地赶到医院时，刘婆正躺在输液室里打吊针。她的膝盖上缠着厚厚的绷带。原来，那天下午，刘婆在刷洗自己的衣服时，不慎将我家的一块板刷弄丢了。她不听我母亲劝阻，竟执意要到集市上重新买一块板刷。在回来的路上，她不小心一脚踩在西瓜皮上，结果摔裂了膝盖骨。妻子流着眼泪说：“刘婆，板刷我们自己会买的，你又何必自己去呢？现在你瞧，唉！”

刘婆微微一笑：“没什么。弄丢人家的东西应该要赔偿！”

我的心不禁一颤：多有德操的老人！

由于受伤无法照管我儿子，刘婆的女儿便接刘婆回去养伤。搬进新居时，岳母又告诉我，由于无处容身，倔强的刘婆伤愈后竟住进陶山某个尼姑庵去了。

我们一家决定去寻访刘婆。因为在这位饱经风霜的老人身上，有着一种可贵的人格魅力——

难得啊，刘婆！

好人二叔

二叔，乃一市井小民，在我的记忆中，和善可亲。小时候，我们这些晚辈常常缠着二叔玩，二叔呢，也乐于做“孩子王”，给我们讲故事、猜谜语。“排排坐，吃果果，你一个，我一个。”二叔唱着儿歌，那装模作样的动作，常常让我们笑得前仰后合。若挨了大人骂，我们这些孩子便去找二叔“诉苦”，二叔总是慢声细语地劝慰我们，不像有的大人那样动辄板脸训人。

我父亲是个知识分子出身的干部。他常常告诉我：“你二叔是个好人。我和你二叔本来有一起念书的机会，可那时咱家穷，供不起我俩读书，但你二叔对爷爷说，咱家虽穷，可不能没有一个读书人，应该让大哥读书。最后，硬是说服了你爷爷。从此，二叔与你爷爷一起走街串巷，干起收废铜烂铁的生意供我读书。如果没有你二叔，哪有我今天？”

二叔勤俭耐劳，为家人奉献的秉性至今未改。从工厂退休后又重操旧业，干起了收购废铜烂铁的生意，拼命攒钱帮几个子女成婚。每天天刚亮，他就穿上那双刷得发白的解放鞋，推着板车，出门收购去了。他收购的地点总是在老偏远的郊区。据二叔说，那里收购的价格比较便宜，他总是不厌其烦地走过一个个工厂、农家，一点一点地收集，直到天黑，他才气喘吁吁、汗流浃背地拉着一板车废铜烂铁回家。我看不过去，便劝他雇一辆三轮货车运输，二叔却笑着摇摇头，说雇三轮货车价钱很贵，是浪费。

二叔虽然自己非常俭朴，但对别人却总是慷慨解囊。有一次，我急需一笔钱用，一时又凑不齐。我想到二叔家去借，妻子说："二叔目前正在帮助几个子女成家，他肯借吗？"谁知二叔知道后，二话没说，就回家拿来一大沓钱塞到我手中，说："自家人，有困难二叔当然要帮！"一时感动得我们不知说什么才好。

好人二叔，愿你一生平安。

琴酒缘

老高原是我在乡下工作时的同事。我和老高之所以能成为莫逆之交，缘起于酒和琴。

老高和我素贪杯中之物。空闲时候，我俩常相邀买来几样熟食，然后在宿舍里推杯换盏，你来我往，非把那一斤白酒喝个底朝天不可。喝得有几分醉意时，最惬意的事莫过于听老高大谈那些妙趣横生的历史掌故了，什么韩信点兵多多益善啦、杨修聪明反被聪明误啦、朱元璋火烧庆功楼啦，等等。难能可贵的是，老高从这些历史掌故中，往往归结出诸如“鸟尽弓藏”“木秀于林，风必摧之”之类的人生箴言，直听得我频频点头，惊奇不已，钦敬之情油然而生。酒罢，老高总是醉醺醺地拍拍我的肩膀说：“你真是我的知己。”我笑笑，其实是他让我听得心服口服。

那时候，我爱唱歌，而老高则拉得一手好二胡。闲暇时，老高总喜欢取来那把蛇皮二胡，很认真很投入地拉上几曲熟悉的曲子，而我也往往能随兴唱上几首歌。为此乡亲们总称我和老高是“一唱一和”。记得一年夏天的一个晚上，我俩在房东家喝罢酒，老高便借着酒兴，带上蛇皮二胡，邀上我一起来到房东家的院落，拉起二胡曲《在那桃花盛开的地方》。月亮悄悄地爬上树梢，老高端坐在凳子上，时而昂首，时而俯身，那长长的弓弦在月光下一颤一颤的。我情不自禁跟着唱起来。琴声、歌声吸引了周围正在乘凉的乡亲们，不时爆发出阵阵喝彩声。

不久，随着市场经济大潮的汹涌而至，老高毅然决然地辞职“下海”。

通过几年努力，他最终跨入了“款爷”的行列。在这期间，我和老高几乎失去了所有的联络。可谁想，有一次，老高居然从他老家塘下打来一个传呼，说他刚从广州经商回来，邀我中午到他家做客。老友即将久别重逢，我自然格外高兴。然而高兴之余，又不免担忧：整日与金钱打交道的老高这几年是否有所变化？当我匆匆赶赴塘下，沿着弯弯曲曲的河岸来到他家门口，蓦然从里面传来一阵欢快、优美而又熟悉的旋律。咦，这不正是那曲《在那桃花盛开的地方》吗？我轻轻地推开虚掩着的门，呈现在我面前的是一桌热气腾腾的丰盛酒菜。桌角，还放着两大杯早已盛得满满的白酒。而老高此时正端坐在桌边，握着那把蛇皮二胡，很认真很投入地拉着，时而昂首，时而俯身，那长长的弓弦在他手中一颤一颤的。

啊，原来琴酒依旧。

品　酒

与酒结缘，最爱品的是瑞安高楼人的酒。

高楼人热情好客，且家家酿有“糟烧”之类的佳酒。倘若你到他家做客，那么主人必会给你斟上满满一大碗晶莹清澄的“糟烧”。咂一口，啧，醇和可口，清香扑鼻，仿佛给你骨里骨外清清爽爽地淋了个透。当然，下酒菜亦无非是炒芋、炒粉干、竹笋片、猪头肉、溪鱼干之类的家常山货。然而面对这满满一桌热气腾腾的酒菜，在主人一而再、再而三的劝酒声中，你会带着几分醉意，不知不觉地掏出自己心里话，同主人一起叙家常、道农事，那种亲切和随和，实在令你感动万分。我常想，这酒是山清水秀的环境加上浓郁的淳朴乡情酿就的，所以会让人如此心醉。

我有几位好友，由于年龄相仿，情趣相同，加之又都是酒中“瘾君子”，所以一有空闲，总喜欢邀上三五知己，买来“白眼烧”酒和几样简单的熟食，喝他个天昏地暗。我们一边慢斟浅饮地品酒，一边轻声细语地交谈。有愤懑的，干脆借此发一通牢骚；有忧伤的，大可在此倾吐一番真言；有乐事的，不妨一起分享给大家。酒罢，但见酒瓶见底，杯盘狼藉，而人人醉眼蒙眬，东倒西歪。所以，与好友品酒，越品越觉得温馨可人，回味无穷。也许，是因为这酒是由纯洁真挚的友情酿就的吧！

如今，人们应酬式的喝酒场合越来越多，酒的档次亦越来越高，可是知心的话儿却越来越少，因而喝酒几乎成了人们的一种沉重负担。于是，有人便想着法儿地劝酒，而赴宴者则使出浑身解数地逃酒。譬如，劝酒者给某君斟啤酒（也许是名牌）时，总是沿着杯壁慢慢地往下倒，以增加酒杯的盛酒量。某君干脆“视死如归”地端起酒杯，一个劲地往嘴里咕咕直灌，然后趁劝酒者一不留神，便随手拿起桌上的餐巾往嘴边一塞，一下子将酒倾吐餐巾上，做得神不知鬼不觉，这叫瞒天过海之计。总之，现在的酒其实已没有了人情的底蕴，所以品起来淡而无味，甚至带有一种涩涩的味道。

品酒居然品到了这种悲剧性的地步，诚然没有多大的意思了。于是，那些重情调的好酒者只好闲暇时自己一个人守在家里，端起一杯家酿的米酒慢慢地浅饮细啜、沉思静想，倒也能回归真实的自我，别具风味。倘若此时面对那轮正从西山尖上缓缓滑落的夕阳，再放上一段背景音乐，渐渐地勾起如丝如缕的怀想，也就会轻轻地发出一声赞叹：“好酒！”

洗　头

生活中总有不顺心的时候。那一天，怀着沮丧落寞的心情，我走进一家发廊洗头。

给我洗头的是一个二十刚出头的农村姑娘，矮矮的，黑黑的，长相挺一般。我默默地坐在椅子上，不出一言。

“喂，你干吗老是愁眉苦脸呀？”姑娘看着我，忍俊不禁地说。

“没什么，你只管洗头吧。”我淡淡地回答。

可姑娘还是没话找话说，与我聊了起来。从交谈中，我得知她是平阳水头人，家里有五兄妹，数她最小。因家境困难，初中一毕业她就外出打工了。这间发廊是她新近开下的。

“你觉得在家生活好，还是外出谋生好？”我问。

“当然在家生活好。”她又是扑哧一笑，好像笑我这个问题问得太傻了。

说也奇怪，经她这么一笑，我郁积在心的忧闷情绪似乎被冲淡了许多。

“喂，你有什么心事吧？”她停住笑声，关切地问我。我点点头，便告诉了她自己的心事。我觉得在这个纯真的姑娘面前，一切虚伪的掩饰已显得毫无意义。

“人，还是平淡些好。”她听完我的叙述，想了想说，“平平淡淡才是真。其实，生活越平淡反而越轻松快乐，你说对吗？”

我细细品味她的话，感到这个年轻的农村姑娘的确不简单，对生活居然也有一番独到见解。不知不觉，我俩就这样愉快地聊了大半天。洗完头，我感到自己心情变得舒畅了许多。

我很感激她，便递给她一张五十元的人民币，说："不用找钱了！"

"别客气，该收多少就多少。我可不是KTV包厢小姐！"她把找回的四十元钱往我手中一塞，咯咯咯地又是一阵笑声。

在姑娘纯真的笑声中，我仿佛觉得生活中一切的功利、虚伪瞬间都被击碎了。

好　人

我们这个社会好人很多，但芸芸众生，真正的好人是什么样的呢？

从字面来看，好人是指品行端正、一心向善者。《三国志·吴志·楼玄传》指出：“旧禁中主者自用亲近人作之，陈亲密近识，宜用好人。皓因敕有司，求忠清之士，以应其选。”

然而，好人毕竟有平凡者与高尚者之分。个人认为，平常的好人，一般是指有良心的好人，即不做坏事、不带麻烦，甚至谁也不得罪的所谓的老好人；而高尚的好人，是指具有高尚道德情操的人，他们的慈怀，他们的善念，他们的美德，哪怕一个微不足道的细枝末节，也足以让我深深感动和钦敬，使我产生一种为他们动笔抒写的冲动。

我有一个发小，如今已成为服装界著名企业家，步入富豪行列。记得几十年前，他还刚刚创业，每天都骑着那辆老牛般的破自行车忙着往来送货，后车座上则紧紧捆着新做的服装，常常累得满头大汗。送货完毕，他就常与我们聚在瑞安塘根喝“白眼烧”酒聊天休息。后来，他的公司走上品牌之路，发展越来越好，自己也赚了不少钱。由于他当时忙于创业，我们之间少了联络。

他发达后，没忘记我们这些发小。有一天，他突然约我们聚餐。我们非常开心，然而他并没有请我们吃大餐，只是点了一些简单的菜品。我说：“你发财了，应该已经享受富豪生活了吧？”他摇摇头，说自己人生虽然成功了，但不忘回报国家和社会。他神秘地告诉我，除了对国家的税收做贡献外，最近他要做慈善事业了，已经为社会捐献了几大笔钱。他决定每年都要做慈善。

随着做慈善事业知名度越来越高，很多记者要采访宣传他，但都被他婉言谢绝了，他做人非常低调。

我很感动，觉得他就是一位心存善念、胸怀广阔的高尚好人。他靠自己辛苦打拼取得成功，但对自己要求非常严格，为人低调，而又把大量钱财捐献给了社会，那种崇高的精神境界不禁令我深深震撼、钦敬。

有做“大手笔”善事的好人，也有行小善举的好人，哪怕是一个微不足道的生活细节。

记得深冬的一天，细雨霏霏，寒风刺骨。在一个十字路口的斑马线上，我看到一位女志愿者撑着小红伞，亭亭玉立，神采奕奕。那是一个娇俏玲珑的小姑娘，穿着红红的马甲，乌亮的眼睛一直目不转睛地盯着马路。绿灯亮了时，她忽然发现一位老太太正拄着拐杖，颤巍巍地从对面马路上艰难地走过来。她赶紧一路小跑过去，一手撑着小红伞，为老人遮风挡雨，一手搀扶着老人，一步一步、小心翼翼地把她送过马路。细雨寒风中，那把小红伞，那身红马甲，瞬间成为斑马线上一道亮丽的风景，而小姑娘那张红扑扑的稚嫩天真的脸蛋，从此在我心中绽放出一朵纯洁美丽的花，弥漫起一种暖暖的沁人馨香。

我想，小姑娘只不过是守护斑马线的平凡志愿者，但她是一个高尚的好人。因为她搀扶老人过马路这个微不足道的小小善举，瞬间绽放了她助人为乐、朴素纯美的善念，仿佛一道纯净又炫目的光，点亮了平凡，给社会涂上了绚丽的暖色调。

高尚的好人总是很繁忙，因为社会需要他们的热情帮助、他们的辛勤劳作、他们的无偿付出。

我有一位好同学，他虽然已经从卫生防疫系统领导岗位退居二线了，但他积极热心于参加社会公益事业，比如服务健康下乡、垃圾分类环保宣传、关心留守老人残疾人、慰问贫困户等活动。他是一个闲不住的人，为社会公益事业，忙得已经没有了休息时间，哪怕是节假日，他也会驱车几十公里去参加。尽管他的性格比较内向，但他日益积极地投身公益的实际行动，深深体现出那种忘我投入、无私奉献的高尚美德。

有一次周末，我约几位好友聚餐，也邀请了他。但在电话里，他说自己正在瑞安湖岭参加社会公益活动，晚上尽量赶回来聚会，叫我们不要等了。我说："你已经退居二线了，再说今天是周末，应该好好休息，怎么还搞起社会公益活动来了？"他说，他和义工们正在一起对那里的贫困户、残疾人进行心理疏导和医疗咨询，并送防疫口罩、消毒用品以及油米奶等生活必需品，很忙，那里离不开他。匆匆挂断电话后，他又忙他的社会公益活动去了。后来我们又打了好几个电话催他快回来，他不是说还在湖岭，就是说在陶山，然后又说在飞云，总之给我们的感觉是他正忙得团团转。直到晚上9点左右，我们快吃完时，他才风尘仆仆地匆匆赶来，满头大汗。我们说了他一大通，他笑了笑说，那里的人真的是太需要他了，他不能舍弃，实在离不开。

听了他的叙述，我开始理解了，不禁为他的忘我投入、无私奉献的美德所深深感动。这位同学确实是高尚的好人。在他的精神世界里，他觉得自己能被社会所需要，而且为这个社会需要所激励，他才忘我投入、无私奉献，也许这就是热心参与社会公益活动的人难能可贵的人生价值取向吧。

中国不乏高尚的好人。从历史来看，其中还不乏名人。据说，《红楼梦》的作者曹雪芹蔑视权贵，远离官场，有着扶弱济困、助人为乐的高尚情怀。他常将金石、编织、风筝、印染、烹调、园林设计等多项工艺流程免费教给穷人、残疾人，让他们弥补先天和后天的不足，帮助他们养家，过上有意义的生活。当今社会中也到处充满了高尚的好人。慈善家、志愿者和社会公益活动者不乏其人，无论是笔笔捐资善款、点点善举好事、件件生活必需品，还是下乡时提供的无偿优质服务，熬煮的碗碗飘香的米粥、芥菜饭，等等，无不体现了他们崇高的情怀、纯洁的心灵和美好的品德，为我们的社会谱写了一曲曲恢宏壮丽的时代赞歌。

所以，在我看来，真正的好人，就是高尚的好人，也就是那些具有高尚道德情操的好人，那种心存善念、胸怀广阔的慈怀之人，那种乐于助人、朴素纯美的善良之人，那种忘我投入、无私奉献的美德之人。

好人很多，然而真正的好人往往是沉默的，甚至是微不足道的，但他们的高尚道德和情操总让我深受感动和由衷钦敬，使我内心时常受到震撼。我相信，这终将凝聚成巨大的正能量，默默有力地推动着我们这个社会更好地发展。

淳朴的大爱情怀

去年过大年时，锡平兄弟邀约我们这些老工友到酒店小聚。

锡平是我二十世纪七十年代在瑞安高楼凤翔公社南岙农机厂工作时的老工友。自农机厂解散后，他一直坚持办厂，这些年在商海摸爬滚打，赚了一些钱，也算一个小老板了。

我们已经失去联系几十年，也挺想念他的，既然他做东，热情邀约，我们这些昔日的老工友自然欣然前往。

久别重逢，大家非常开心，白酒红酒一杯接一杯地开怀畅饮，问候不断。虽然我们失散多年，人生各样，搞文化的，办小厂的，开商店的，卖菜的，看风水的，当教师的，种水果的，等等，甚至有的已经白发苍苍、满脸沧桑，但大家相聚交谈依然是那样真诚，那样坦荡，那样憨厚。他们知道我在文学、收藏事业上的成绩，纷纷称我为大作家、大藏家，显得尤为崇敬。我在深感荣幸的同时，也深深体会到那种山里人才有的淳朴真情。

说到农机厂，我自然深深怀念起那个掩映在枝茂叶盛的绿树下农家院落里的工坊式农机小厂，那种从隐在山岙中的小厂传来的铁锤声，那条绕厂潺潺流淌的清亮小溪，以及我们曾在这个小小农机厂发生的有趣快乐的往事。在推杯换盏之中，大家笑声不断，意兴盎然。

席间，有人提起了老工友阿跃。阿跃是个瘸脚的残疾人，娶了个聋哑老婆，近些年经济困窘，仅靠村里低保生活，最近夫妻俩年龄也大了，身体每况愈下，生活处境不容乐观。

说到阿跃，大家的心情都有些沉重，表情变得凝重起来，连空气也似乎凝固了，包厢里全然没有了笑声。

我的脑海瞬间浮现出一个白净沉静、整日笑眯眯的形象，他就是农机厂出纳阿跃。我记得，阿跃在担任出纳期间，工作认真负责，待人真诚善良，虽然是残疾人，但非常乐观。有一次发工资时，他算错了我的工资，少发了我5元。但就在我下班离厂时，他一瘸一瘸地追上叫住了我，硬是把5元钱塞到我手中，不住地说："对不起，我算错少发了你的工资！"那是七十年代，5元钱也算很大一笔钱了。看着身边的阿跃一脸真诚，手握这辛苦赚来的5元人民币，我很感动。阿跃看我收起钱，也开心地笑了，在夕阳余晖里一脸灿烂。几十年过去了，他真诚善良的音容笑貌依然留在我脑海。

"阿跃挺可怜的，我们这些老工友虽不富足，也应该帮他一下！"有人一声叹息。

"我提议，春节期间，我们都去南岙故地重游，捐款看望阿跃！"我的提议立即得到大家的赞同，包厢气氛也再次活跃起来。

正月初十上午，在锡平的组织下，我与李锡平、林时松、王学产、陈显龙、林敬选、张宋海、缪永柱八位老工友一起自驾前往南岙。

南岙是一个掩映在婆娑绿树中的小山村。几十年过去了，村落也有了变化，原先茅草盖、石头垒的土屋不见了，代之而起的是青砖白瓦房和精致漂亮的现代商品房，大都在绿树掩映之中。

这次重返故地，我们这些老工友虽然不是衣锦还乡的名人大官，只不过是芸芸众生中的凡夫俗子，而且大部分工友就是南岙人，但当我们走进村落时，南岙的村民依然非常热情，特别是知道我们要去看望阿跃时更加感动，纷纷围拢过来打招呼。

“这不是农机厂的阿平、阿华吗？太好了，又见到你们了！”

“你们老工友真好，几十年了还惦记阿跃！”

“中午就到我家聚餐吧！”

…………

我从内心感受到村民的真诚、亲切和温馨。

在阿跃家门口，我看到一位蓄着花白胡须、满头白发的老人，驼着背，眯着眼睛，正坐在房前晒太阳。我知道，这就是阿跃。当看到我们，他颤巍巍、艰难地站起来，又惊又喜：“你们怎么来了？”

“阿跃，你好！我们老工友来看望你了！”锡平赶紧上前一步，一把扶住阿跃。

阿跃开心地笑了，在锡平的搀扶下，一瘸一瘸地引领我们进屋，招呼屋内那位聋哑的老妻热情地给我们倒茶。

我们彼此开心叙旧，笑声满屋。我把工友们捐助的一沓钱塞到阿跃手中：“这是我们老工友的一点心意，请你收下！”

阿跃再三推辞，但在我们一再坚持劝慰下，他激动地颤抖着手，眼睛有些湿润了：“你们真好，几十年了，还惦记着我这个残疾的老工友。谢谢！谢谢！”

从阿跃家出来，我们决定到农机厂旧址和老村看看，怀想一下。

不远处的村口，隐隐传来熟悉的潺潺流水声。我看到那条依然从绿意苍郁的山坳深处欢快奔淌而出的溪流，那条在阳光下跳跃着浪花并闪烁着光芒的溪流，那条伴随着昔日农机厂铁锤声声、绕厂潺潺而过的溪流，记忆的大门瞬间被打开了。

我记得，那时候，每天早晨，我沿这条小溪边的路走向农机厂上班时，总看到三三两两的村妇一边在溪岩上用木棒槌啪啪啪地捶衣涤裤，一边伴着婉转鸟鸣，发出阵阵欢声笑语。

农机厂的旧址就在村口这条小溪上方的山边，一个约100平方米的农家院落，如今已移作他用。瓦，依然是青瓦，但已经有了岁月沧桑，门，依然是那门，但透出斑驳的时光旧痕，唯有屋前那棵枝茂叶盛的不知名的大树依然绿意葱郁，叶片在微风中轻轻摇曳，仿佛在述说当年憨厚工友间那些有趣的往事和真诚坦荡的友情。我似乎又听到了那昔日厂房中传来的铁锤声声、绕厂欢淌的潺潺溪流、溪边浣衣村妇的欢声笑语及婉转鸟鸣，在宁静的山岙中久久回荡。

我想，高楼凤翔南岙村的山山水水虽然不是名景大观，但山清水秀，孕育出山里人特有的淳朴，总让人感觉有浓浓的真诚、深深的亲切、暖暖的温馨。我记得印度诗人泰戈尔在《吉檀迦利》中有句名诗："这是你的脚蹬，你在最贫贱最失所人群中歇足。"我喜欢"谈笑有鸿儒"，但我更喜欢"往来有白丁"。我觉得这些南岙农机厂的老工友、南岙村民虽然平平凡凡，但他们那种真诚、亲切和温馨的爱，却汇聚成一种淳朴的大爱，在这个物欲横流的社会熠熠生辉。

第五辑

哲理小品

我的自白

活在这个世上，我多么希望自己能无拘无束、潇洒自在。该笑的时候，我就开怀大笑，笑个舒舒畅畅。我知道，开怀、舒畅地笑，是献给世界最美丽的心灵之花。如果我的悲伤实在无法抑制，我就痛痛快快地哭一场。因为我深深懂得，痛哭是世界上最真实的语言。真的，如果喜欢“疯”，我也一定好好地“疯”它一下：去喝喝酒，去唱唱《酒神曲》，去跳跳迪斯科，心中的烦恼、忧愁将一洗而清！

当然，有时候我更喜爱沉静。我常常独自漫步于赭色的夕照之中，任思绪在我的心宇撞击，闪现，回荡。

是的，我非常愿意与任何人交往，即使我们的地位、身份相差悬殊。我报以你的微笑是真诚、坦率、不卑不亢的，而绝不会是虚伪、廉价、高傲的，因为我们在人格上完全平等。

不必去理会别人的评价！在人家审视的目光下战战兢兢地生活，那将活得多么沉重和乏味，因为你是你，我是我，我活在自己的心中。

我最不喜欢压抑自我，压抑是一种痛苦，一种负担。我想，如果我确实有心里话要说，有独特的见解，我一定毫不保留、直言不讳地公之于众。如果有人在事业上超越了我，那我也不嫉妒，我仍然默默地走我的“独木桥”，也许我会寻到一块更广阔、更辉煌的青春圣地！

哦，活在这个世上，我多么希望自己能无拘无束、潇洒自在！

注：此文为作者二十世纪八十年代在《温州日报》发表的散文处女作。

沉　静

在快节奏的现代生活中，我们往往陷入纷扰的世事而不能自拔：应接不暇的应酬、盘根错节的人际纠缠、郁郁寡欢的失意人生……

我们活得累，因为我们缺乏一种沉静的心态。

沉静，是心灵的泊港。当我们独处时静静地面对自己，既可以什么也不想，让疲惫的心灵得以休憩，也可以拉开回忆的心幕，打开畅想的心窗，让那些难忘的往事、亲切的面孔、快乐的思绪，抑或淡淡的忧郁，如亿万颗星星在心宇上闪耀。

沉静是一面镜子，从中更能照彻自己，认识自我，把握人生。当我们远离尘世的喧嚣，轻轻拂拭厚厚的心尘，人生便在我们面前展现出它真实而多姿的面目来。

沉静也许孤独。但这孤独的沉静却能孕育生命的辉煌。因为沉静使你摆脱一切飞短流长的争斗，踏踏实实地在人生田园里默默耕耘，辛勤浇灌，直至绽放灿美的人生奇葩。

学会沉静，还使我们在人生的困厄中感到一种生命的希冀。因为沉静就是冷静地思考，辩证地分析，是不断调整自我的过程。韬光养晦、静待时机是一种沉静；宠辱不惊、随遇而安也是一种沉静。

沉静其实就是卓越者难得的明智、伟大的超越。面对抛洒的鲜花，沉静是一座岿然不动的大山；置身如潮的掌声，沉静更是一块兀立不倒的礁石。沉静，总是使那些卓越者保持清醒的头脑，让冷峻的目光穿越成功的辉煌，稳步走向更高的人生巅峰。

生活如溪

在市郊一片荒芜了的田野一隅，搭着一个简陋的竹棚。棚内住着的也许是户拾破烂的人家，因为棚外的一边，正叠放着一大堆易拉罐、废纸、破布之类的东西。每当我傍晚下班路过这里，常常看见棚内的桌角坐着一个四十岁上下的男人。夕阳斜斜地照着，他端着酒杯，自斟自饮，一副怡然自得的模样。他的女人则静静地站在灶台边，忙着洗碗刷锅。一男一女两个五六岁的小孩围着喝酒的男人，跑来绕去，你追我躲，咯咯的笑声不时从棚内飘出。

整个竹棚荡漾着一种温馨、安详、平和、快乐的氛围。

我不禁感动万分，为这质朴生活中透现出的那种生命的美丽。

我友人的邻居据说曾是一位权势显赫的人物。过去，他家总是高朋满座，觥筹交错，大包小包的礼物堆积如山。可是不久，这位友人的邻居便因受贿而东窗事发，最终锒铛入狱。自此后，每当我到友人家，都见其邻居家终日“铁将军”把门，悄无声息。友人说，自邻居入狱后，过去常来拜访的人与他家断绝了一切来往，他的妻子也带儿子回娘家去了，故他家如今门庭冷落，好不凄凉。

我不禁感慨不已。是啊，一些世人不择手段地你争我夺、刻意追逐的无非是荣华富贵，可是荣华富贵又何尝不是障人眼目的过眼云烟呢？

如今，我每次下班经过那片荒芜的郊外田野，还总见那户拾破烂的人家，依然是男人怡然自得地自斟自饮，女人静静地洗碗刷锅，孩子们咯咯的笑声不断……

其实，生活越贴近质朴，反越能显出其隽永的魅力，就如山谷中静静流淌的小溪，虽然既无惊涛骇浪之壮观，亦无磅礴浩大之气势，可是终究源源不断，长流不息。

守 家

朋友邀我打麻将，我总是婉言谢绝。一是我不会搓，二是也不想搓，所以许多时候，我只能是守家。

守家的日子很平淡，既无风起，亦无浪涌。然而，细细品味，这平淡之中倒也蕴含种种情趣。

比如，在家时我最喜欢的就是“爬格子”。每每灵感所至，便铺展稿笺，奋笔疾书，一任心中的喜怒哀乐如潺潺流淌的小溪倾泻笔端。

偶或有豆腐块之类的文章发表，便欣然自慰：守家居然也能守出名堂来。

当然，守家者深居简出，生活中往往多了几许寂寞。难得的是，在这谁也不打扰的日子里，我可以让那颗浮躁的心渐渐安静下来，深刻地反省自己，不断地调整自我。古人说：“非淡泊无以明志，非宁静无以致远。”也许，家中静守，我更能清醒地认识和把握自我。

在家中，如果“有朋自远方来”，我总是高兴地唤妻子炒上几盘可口的下酒菜，然后斟上满满两杯白酒，同友人一起推杯换盏，娓娓而谈。兴之所至，一斤白酒干脆喝了个底朝天，而脸上也泛起了红光。心与心的交流，使我在这个世界不再感到孤单。

一杯清茗，一本好书，一盏孤灯，便是我守家时最惬意的享受。独坐书桌，万籁俱寂，听历史老人叙述，同伟人先哲交谈，诵读古今中外名著，顿觉天地悠悠，广阔无垠。有雨的冬夜，当淅沥的冷雨轻轻地叩击窗棂，我却罩在暖暖的光晕里捧书就读，那温馨、安详的氛围着实令我感动不已。

是的，守家的日子很平淡，而这平淡之中却让人感到一种小桥流水般的亲切、随和，淡雅而富于韵味。

踏　实

踏实，并非每个人都拥有。生活中，有的人自以为看破红尘，玩世不恭，敷衍塞责；有的人则干脆什么事也不干，却热衷于高谈阔论，飞流短长；也有的人根基不深，做事却好高骛远，急功近利；更有人凭自己的狡诈和权势，欺世盗名，巧取豪夺……

其实，踏实是令我们永远没有内疚感的一种人生法则。因为拥有踏实的人，总感到自己处处被这个世界需要。因此无论干什么事，他总是以负责的态度，认认真真、一心一意、尽力地去做，有一分热发一分光，坦然从容地直面自己的人生。

踏实是一种可贵的实干精神。“桃李不言，下自成蹊。”拥有踏实的人既不会凭空谈去抬高自己，亦不会以流言去贬低人家，而是脚踏实地，埋头苦干。因为他知道，只有自己在生命的田园里结下累累的硕果，才是对人生最好的注脚。

踏实也是从人生最低阶位起步的每一个坚实的足印。“天下难事，必作于易；天下大事，必作于细。”因此那些胸怀大志的踏实的人总是老老实实地从人生最低阶位起步，从身边生活中最简单、最细小的事情做起，一步一步地迈出坚实的足印，直至到达人生辉煌的峰巅。

踏实是牢靠、经久的人生阵地。因为拥有踏实的人深深懂得，一个欺世盗名、巧取豪夺的人，无论其人生勾画得多么精明和漂亮，在熊熊的历史大火中，最终都摆脱不了灰飞烟灭的可悲命运。所以踏实者总能时刻安守生命的本分，凭自己的双手去努力构筑那经久牢靠的真正属于自己的美丽人生。

让我们的生命拥有踏实。因为只有拥有踏实，我们才能牢牢地把握自己的人生。

让生命保持质朴

那是一个阳光灿烂的假日早晨。

我在街头看见一位年轻的补鞋匠。他正坐在路边的一个小凳上，操着一柄羊角锤，在鞋架的那双旧皮鞋上轻轻敲打着。

当啷，当啷，阳光下，小小的羊角锤一闪一闪。

我停住脚步，静静地注视着那柄在阳光下一闪一闪的羊角锤。从那一锤一锤的敲打声中我分明感受到一种生命的质朴——年轻的补鞋匠不正是凭着那柄小小的羊角锤，一锤一锤、实实在在地为自己的生活敲打出一条充满阳光的自立之路吗？这份生命的质朴，世间还有什么比它更珍贵呢？

遗憾的是，一些现代人往往崇尚功利，热衷纷争。他们为了牟取某种利益，总是喧喧嚷嚷、尔虞我诈地钩心斗角，或卑鄙虚伪，或诡谲险恶，在社会大舞台上演绎着一幕幕悲剧、喜剧、丑剧、闹剧、恶作剧。

其实，质朴是生命的本色。在历史的长河中，人，只不过是一朵小小的浪花而已。纵然费尽心机地得到一切，在告别这个世界之际，又能带走什么呢？所以许多时候，每当我看到那些在平平淡淡中认真地生活的凡夫俗子，我总为这生命的质朴而感动不已。

质朴是一种淡泊的心态，一份实在的努力。让生命保持质朴，就是让我们超脱功利，摒弃纷争，凭自身实实在在地努力去拥抱生命中每一缕属于自己的阳光。

在物欲横流的现代生活中，让生命保持质朴又有多好！

让生命保持质朴，我们才能看透人生的本质，在命运的波峰浪谷间牢牢把握自我。

让生命保持质朴，我们才能撕掉假面具，坦然从容地直面生活。

让生命保持质朴，我们才能在这个精彩纷呈的世界上轻松潇洒、欢欢喜喜地走它一回。

希望·朝气

希望

希望是一粒生命的种子，即使封冰覆雪，也能从中蹦跳出嫩绿的音符。

希望是一种美丽的期待，是在人生苦苦奋斗中付出努力后所享有的那份快乐的期盼。

希望是一叶生命的风帆，即使在波涛汹涌的人生海洋上，也永远闪耀着那雪白的帆尖。

希望的力量是无处不在的，即使在僻壤陋地，只要有希望存在，生命之花就常开不败。

人不能没有希望，更不能轻易放弃希望。因为希望是生命的支点，有了这个支点，即使最柔弱的人，也能支撑起自己美丽的人生。

朝气

朝气是一种生命的激情，是对生活有丰富的想象，对未来有美好的设计，对人生有一种跃跃欲试的自信。

朝气是一种良好的心态。豁达大度、快乐自在是一种朝气，自我珍重、自立自强也是一种朝气。

朝气是一种坚毅的意志。纵使生活有巨大压力和挫折，历经磨难而不衰，千锤百炼志更坚。

朝气是战胜怯懦的勇气，是敢于冒险的精神，只有战胜怯懦，敢于冒险，才能赢得人生最壮丽的喝彩。

朝气是一种蓬勃的生命活力，哪里有朝气，哪里就会点燃生命的火花。

诗意人生

有两个人一同去征服一座高山。

在登山的过程中，甲披荆斩棘，历尽千难万险，最终成功地登上了高山之巅。

现在，他的脚下是云涛翻滚，而眼前则是层峦叠嶂，他不禁发出一声赞叹：好壮丽的河山！

乙起先与甲并肩同行，可后来由于体力渐渐不支，只登到半山腰就再也上不去了。然而，在深谷中，他却意外观赏到了一片动人的风景：一股清清的泉水正从松林间潺潺而出，此刻弯月正悄悄地爬上树梢，给松林洒下碎银似的光。他不禁低吟一声：好幽美的景致！

其实，壮丽和幽美同样是一种诗意人生。成功者大可在事业的峰巅高歌，一抒“会当凌绝顶，一览众山小”的壮怀；而失败者亦不必悲观失望，在低谷吟诵“明月松间照，清泉石上流”，不是别有一番幽情吗？

总之，无论是成功还是失败，愿你都能在生活中觅到属于自己的诗意人生，无憾于自身。

缘分·倾谈

缘分

如果，没有缘分，为什么那相视一笑竟使爱情成为千古绝唱?

如果，拥有缘分，为什么有时爱情的故事总被演绎成离散悲剧?

也许，茫茫人海中，你我不期而遇，从相识到相知，从相知到相爱，是缘分，让我们在风风雨雨中构筑了牢不可破的幸福爱巢。

缘分不会唾手可得，亦不能强求而来。

有的人，纵然相处一生，终究难成眷属；

有的人，虽然同床共枕，毕竟梦异神离。

缘分其实来自我们两情相悦时的一种默契，日常生活中的一个关注，彼此困窘时的一份眷顾。也许，当我们蓦然回首时，缘分已悄然而至。

倾谈

点一支美丽的蜡烛，就这样让两颗心平放，在静夜的沉默中彼此倾谈。

窗外有风有雪，室内却温馨如春。

打开心窗，让希望的阳光哗哗流泻进来；轻轻交谈，让久违的情意如万千星光在心宇上闪耀。

一声亲切的问候，使我们在这个世界上不再感到孤单；一句体己的慰藉，抚平了伤痕累累的心；一声诚挚的理解，在我们彼此之间架设起一道美丽如虹的心桥。

倾谈，犹如山谷中欢快奔淌的小溪，滋润着我们的心田。

珍惜生命的细节

某官员身患绝症。弥留之际，他将目光吃力地投向窗外。

窗外，一轮血红的夕阳正伫立在西山顶尖，也在默默地注视着他。

他的目光霎时流露出深深的眷恋。

他最后对身边人说，在他当权被人前呼后拥之际，怎么就没发现夕阳竟是如此美丽动人呢？

诚然，生命于人只有一次。在这匆促的人生之途中，为换取金钱、权位和名声，我们总是在奔波中透支着毕生的时间和精力。然而某天蓦然回首，却失望地发觉生命的收入和付出依然是得不偿失。譬如，我们获取了金钱，却让自己堕落；争得了权位，却深感内心的孤独；博得了名声，可那无尽的应酬纠缠又让人感到精疲力尽。此后发觉，原来那些身边生活中所忽略的颇具意蕴的生命细节，反而变得如此美丽动人、弥足珍贵。譬如一本好书的品读、一番真诚的交谈、一次愉快的旅行，甚至一道平常所见的自然美景……人生的遗憾莫过于当我们对此深怀眷恋时，这美好的一切却将再不属于我们，不给我们后悔的余地。

如果我们不懂得珍惜，那么将来可能注定要深深失落。

珍惜生命的细节，就是说以感恩的心情去珍惜生命中每时每刻、一点一滴的拥有，让每一个日子都精彩无悔。

心

世界上最大的东西是什么?

是心。

世界上最小的东西是什么?

亦是心。

当你敞开胸怀，心可以容纳整个世界；当你关闭心窗，心甚至不能存留一粒沙子。

在这个世界上，心是你生命中最忠实的听众，最亲密的朋友。忧郁时，它默默倾听你的心事；快乐时，它为你鼓掌、喝彩；寂寞时，又体贴地陪你度过每一个平淡充实的日子。

独处的时候，心是你生命中一道最美丽的风景。多少美好的往事、亲切的面孔、快乐的秘密都在你心中交织、闪现，犹如亿万颗熠熠生辉的星星，向你展示动人的璀璨。

沉静的心则是你生命中一个深沉的湖泊。当世界的纷扰如丝丝掠过的微风，在心湖掀起片片涟漪，心，最终包容了一切，并将其渐渐消融，让生命呈现出一种平和安详的恬美。

是的，心，一旦贮藏希望，便成为你生命中最坚实的支点，虽然它曾哭泣过，挣扎过。因为它不仅默默地承受着生活苦难的重压，而且又顽强地支撑起生命的辉煌。

然而更多的时候，心是你生命中一面最真切的镜子。它冷峻地扫视着人生舞台的幕起幕落，透过现实繁华的表象，让人生呈现真实的面目，从容面对生命，使你在世俗的潮流中始终把握自我。

有时候，心与心的不期而遇，往往相撞成生命中一个最动人的瞬间。一次倾心的交谈，一个会心的笑意，一个默契的眼神，总能使两颗萍水相逢的心撞击出动人的火花，让生命的瞬间定格成刻骨铭心的永恒。

那么，生命中最美妙的声音是什么？

是两情相悦时的心跳，像春芽摧裂坚冰，如清泉滴落山谷，热切、温馨，而又充满无限憧憬。

缘

生命是缘。在这个世界哭过、笑过、痛苦过、愤怒过、悲哀过、忧郁过，你尝尽了生活的酸甜苦辣，看透了人世的花开花落。

生活是缘。譬如有好的人缘，必定是你平时与人为善的自然结果；有好的事缘，则肯定与你曾经付出的种种努力有关。

成败是缘。有的人忍辱负重，胸怀大志，从无到有，从小到大，终于成其大事；有的人则心浮气躁，鼠目寸光，纵然洒尽一身汗水，终究难成气候。

朋友是缘。在人生的旅途上本是一个独行者，可半路总能遇上志同道合、情趣相投的旅伴，于是你们便互相勉励，携手前行。

爱情是缘。茫茫人海中，你与他（她）萍水相逢，也许一个默契的眼神，一个动人的微笑，竟使你俩最终结成秦晋之好，并且相伴永远。

机缘是偶然中的必然，是机遇，是环境，甚至也有可能是人为造就的结果，不一定是命运事先注定。

有心栽花花不发，无心插柳柳成荫，可谓机遇促成。

风生于大地，起于青萍之末，可谓环境使然。

种瓜得瓜，种豆得豆，也是人为努力的结果。

缘聚缘散终有时，毕竟“人事有代谢，往来成古今”。

所以，缘来时，随缘；缘尽时，随缘；无缘时，也只能随缘。

守候生命的心灯

晚上，在书房点亮那盏橘黄色的台灯，打开电脑，我又像往常一样开始了写作。

不知什么时候，窗外竟淅淅沥沥地下起了秋雨。风很大，豆大的雨点不断敲击着窗棂，又在玻璃上不断滑落下来。书房的键盘声依然在不停地响着，而那盏台灯沉默着，柔和而坚定地透射出橘黄色的光。

在这风雨交加的秋夜，键盘的敲打声、风雨敲窗的淅沥声似乎自然交织成一首非常和谐的乐曲，而那盏沉默的橘黄色台灯——柔和而坚定的光，顷刻给书房带来一种宁静、安详和淡淡的快乐。

没有了花花世界的纷乱嘈杂，没有了人与人之间的尔虞我诈，有的是串串文字在精神世界的倾泻畅游，纯净而明亮，淡定而执着，时而如小溪流水潺潺，时而似海洋般奔腾万里，而此刻一直默默引导着这一切的就是这盏每天伴我读书写作的书房孤灯，以那种穿透一切的柔和而坚定的光——

这多像我们生命之中的心灯啊！

心灯是什么？

心灯就是心中自然生长、念念不息的期盼，是生命嫩枝上粲然绽放、生机勃勃的希冀，是一直孜孜以求、永不言弃的信仰，是足以支撑你一生的心灵支点。它既可以是远大的人生抱负，亦可是宏伟的事业目标，甚至是患病时“健康就好”、失意时“快乐就好”、绝望时“活着就好”的简单期盼。有了这样坚韧的心灵支点，就会忘掉一切苦难，聚集所有精力，变得非常强大，从而能够排除任何干扰、抵抗任何压力、战胜任何打击，直至实现自己的人生事业目标，实现理想。

我有一位朋友，他曾白手起家，办了一个汽摩配件公司，而且生意做得风生水起，公司规模越办越大，成为集团型公司。他雄心勃勃、踌躇满志地把赚来和借来的钱全部投入当时全国热门的房地产业后，结果却被套了，被迫宣告公司破产，并欠下了几千万元的债务，陷入了人生和事业的绝境。当有些老板跳楼的跳楼、逃生的逃生时，他却选择了留下，除了变卖所有公司资产和私人财产还债外，他还为一位开餐馆的朋友打工以赚钱生存。我曾问他在人生和事业陷入绝境时为什么还能够苦苦坚持，他却简简单单地说："活着就好！"

后来，在他和家人的努力下，他的经济渐渐有了些转机，但依然是一个为自己生存而努力打工的失意落魄者。在事业风光得意时，他身边曾有好多奉承恭维的亲友，但在他事业失败后，这些亲友都疏远了他，使他变得非常孤独。但奇怪的是，在这段失意落魄的日子里，他总是喜欢与一些打工者混在一起，与人为善，非常低调，即使有人冷嘲热讽，他依然每天都是乐呵呵的。我觉得奇怪，就问他为什么还这么开心，他神秘地笑笑说："快乐就好！"

再后来，他竟然奇迹般地在事业上东山再起——开了一家风格颇为独特的大餐馆，并发展了品牌连锁店，生意非常火爆，不仅还清了所有债务，而且还买了别墅、名车，又回到了当年的风光得意。我请教他人生逆袭的秘诀。他告诉我，他跟朋友打工时就有在餐馆学手艺的意向。由于他为人善良，能吃苦耐劳，专心学艺，极讲信誉，最终感动了周围人，包括他开餐馆的朋友、周围的打工者甚至一些债务人，在他们的帮助和经济支援下，通过自己的努力奋斗，人生事业才得以在绝境中崛起。他说，人在逆境时一定要有自己人生事业的追求来充实支撑心灵，首先要学会生存，这是人生事业崛起的基础，其次要学会快乐，增加自信。末了，他还说，现在他什么都不缺了，最缺的就是一个健康的身体，所以，现在想法就是最简单的“健康就好”。

淡泊以明志，宁静以致远。

守候生命的心灯，使我们在孤独时能拥有一份宁静的心境，清醒地认识自我，准确地定位自我，牢牢地把握自我，从而能够看得更远，想得更深，洞察世事，审时度势，为自己人生崛起做坚实的准备。

任凭风吹雨打，胜似闲庭信步。

守候生命的心灯，还使我们在身陷困境时依然能保持安详的心态，宠辱不惊，淡定从容，拒绝任何诱惑，扛住任何打击，坚定而执着地朝自己既定的人生目标迈进。

山重水复疑无路，柳暗花明又一村。

守候生命的心灯，能使我们在人生的绝境中产生快乐的期待，看到希望，看到未来，重拾信心，困苦中“穷”乐，怡趣中“自”乐，尴尬中“偷”乐，从而“乐”中求“胜”，绝境重生。

书房里，那盏台灯依然沉默着，柔和而坚定地亮着橘黄色的光，伴着秋雨的淅沥和键盘的敲打声，宁静而安详，带着一种淡淡的快乐……

平凡无妨，快乐就好

大千世界，追名逐利者蚁爬蜂拥；茫茫人海，终究谁为人中之杰？

富贵功名，多少人为之苦苦以求，而平凡者又有多少能得偿所愿？

然观芸芸众生，因天、地、人等因素，成人杰者毕竟少之又少，而成平凡者众而多之。彼时倘若你不幸而成平凡者又作何感慨？

其实，平凡无妨，快乐就好。

进不了上流社会，就与生活在底层者在一起，与他们同呼吸，共命运，平等而真诚，友善而互爱，可以食人间烟火、尝七情六欲、悟人间冷暖、享天伦之乐，可以历悲欢离合、经世事沧桑、品酸甜苦辣。没心理落差之痛苦，无钩心斗角之烦恼，免患得患失之忧心，简单率性，随遇而安，其平凡生活之情趣，岂不悠哉乐哉？

吃不了山珍海味，就炒几个可口小菜，就几杯农家好酒，邀三两好邻知友，共叙邻里家事，互诉友情衷肠，看云卷云舒，观夕阳晚霞，闻归鸟呢喃，听小雨敲窗，其平凡生活之乐趣，何其美哉？

游不了名山大川，就寻村野荒山，觅林溪花谷，阅尽人间美景，赏遍世间画卷，其平凡生活之野趣，岂非更赏心悦目？

平凡无妨，快乐就好。

大凡功成名就者，无不衣锦还乡，光宗耀祖，前呼后拥，好不威风，其人生快意之感便油然而生。然无论怎样飞黄腾达，终将成过眼云烟，不会永远属于你。且世事莫测，风诡云谲，一旦时运不济，其辉煌人生转瞬灰飞烟灭，人走茶凉，失魂落魄，形影相吊，岂不悲哉哀乎？故人之匆匆而来，匆匆而去，富贵功名亦生不带来，死不带去，无论曾经怎样的辉煌，终将随逝者成南柯一梦！

故低调做人，不必自视甚高，不必得意忘形，不必恃才傲物，要清醒认清真实之自我，客观定位平凡之自我，因为平凡无妨，快乐就好。

当然，平凡者更不必自卑自弃，因为伟大往往寓于平凡：

平凡是一种境界，深厚博大，容纳万物；

平凡是一种信念，心存善念，坚韧不屈；

平凡是一种心态，潇洒超脱，真实自然。

故平凡无妨，快乐就好。

每每闲伫阳台，观星辰升坠，望月圆月缺，享受片刻静谧、安宁和温馨，即顿悟：平凡无妨，快乐就好！

第六辑

赏物悦心

仰韶彩陶

——绚丽的华夏文明瑰宝

陶，这种源自华夏大地的褐色泥土，镶嵌着一种古老的文明，一直在我们的历史长河中，闪耀着夺目的光辉。它带着一种文化，带着一种文明，穿越厚重的历史，向我们走来。

仰韶彩陶，这种源自数千年前的人类文化碎片，在今人的努力下，终于凝结成一件件精美的远古文明遗存，让我们拨云开雾，揭开了它神秘的面纱——仰韶彩陶，仰韶文化的重要标志，是华夏文明发展的一段重要背书。

时间回到1921年，一个叫安特生的瑞典地质学家在河南省渑池县仰韶村掘下了开启这段历史的第一铲。经过大量研究挖掘，一段深埋地下数千年的中国史前新石器时代文明终于展现在世人面前。对，这就是河南省渑池县的仰韶村所代表的“仰韶文化”。

时隔一个世纪，让我们翻开典籍，寻求“仰韶文化”的文化内涵：仰韶文化是指分布在黄河中游地区的一种重要的新石器时代彩陶文化，距今约七千年至五千年，是孕育华夏文明的重要源头和核心基因。彩陶文化是一种风格独特、震撼迷人的华夏远古文化。华夏先民在这里建村落、事农桑，并抟土制陶，勾画狩猎、渔牧、星月等景象，形成了内涵丰富深远、色彩绚丽、充满智慧和神秘的新石器时代彩陶文化，这就是“仰韶文化”。

没错，可以说彩陶文化就是仰韶文化。换句话说，那些深埋地下数千年的人类文明碎片就是向世人展示华夏文明渊源的鲜活载体。

在仰韶文化博物馆，明亮洁净的玻璃盒内陈列着一个个闪烁着远古文明的彩陶展品。这些彩陶展品以细泥红陶和夹砂红陶为主，罐、瓮、盆、瓶、壶等一应俱全，红、白、黑、黄、绿等色彩，或组合交相辉映，或独树一帜傲立，向人们展示着生活在那个时代的华夏先民的勤劳和智慧。

彩陶器物上的装饰和图案精美绝伦。这些图案纹饰有动物纹、植物纹、人物纹、几何纹等，或柔若飘带，或细密似网，或静如花瓣，或动似游鱼，或人面端庄，或鹿跃蛙蹦，或为拉弦欲射，或成几何图形，线条优美流畅，色彩斑斓变幻，以高超精湛的制陶技艺和奔放微妙的想象，展现了仰韶文化丰富深远的内涵，表达了华夏先民对自然、天文、历法等方面的认知观念以及对美好生活的追求，反映出当时社会已迈入人类社会文明的门槛。

展品中有一件出自仰韶文化庙底沟遗址的红底弧线三角纹彩陶盆，盆的上腹部绘黑彩弧线、三角和圆点纹，是鱼和鸟的结合图案。线条简洁流畅，造型栩栩如生，体现了仰韶人崇尚“鱼鸟共融”的自然理念。还有一件腹部装饰了类似月牙纹饰的月牙纹彩陶盆，造型优美，色彩和谐，显示了那里的先人们已经初步了解天文知识，并出现天文崇拜的现象。而另一件素面圆陶环，为先人们的主要饰物，呈齿轮形，环体光滑，纹饰简洁，反映了远古先人对美好生活的追求。

用今天的方法测定，这些彩陶大都是采用泥条盘筑法成形，再用慢轮修整口沿的方法制成的。有一个约半米高的小口大腹尖底瓶，鹤立鸡群般昂首挺立于博物馆内。它小口，细颈，深腹，尖底，腹身拍印斜向绳纹，造型奇特，古朴大方。这是仰韶文化最具典型意义的代表性器物——小口尖底瓶。据考证，这是中国古代最早的酿酒器具。考古工作人员在仰韶文化中、晚期小口尖底瓶样品中，曾经检测出谷物发酵酒的残留物。小口尖底瓶形态与后来的甲骨文中“酒”字的“酉”部也极为相似。

小口尖底瓶奇妙独特的艺术造型，展示了仰韶地区先民对于力学和自然的探索。个人认为，细长小口尖底瓶主要功能是使酒液澄清，利于渣滓沉降，尖底部则用来收集沉淀物。另外，“礼”的概念在小口尖底瓶也得到充分体现。小口尖底瓶大部分是无耳的，使用时必须用双手捧起，这种要求是强制性的，实际上应该是表示一种庄重的礼仪。用双手捧着盛酒的小口尖底瓶形态与甲骨文的“尊”字相同，表示尊崇、尊重和尊敬的美好寓意。现在已出土了不同时期的此类器具，它们色彩斑斓、组合简约、造型古朴、线条奇妙，这些泥土与烈火的精彩交融，生动地向世人诠释着那段辉煌的史前文明。

在一些出土的彩陶器物上，还刻有许多奇怪的图形和符号。据考证，这些符号是一种文字，我们称之为陶文。这些陶文虽然看似简单，但令人却很难理解其隐藏的丰富内涵。比如说“丰”，它不是“丰收”的“丰”，其实表示一种玉器，甲骨文中的“玉”就与此相类似。还有“米”，虽然与现在的“米”字写法一样，但实际并不表示米，因为当时还没有米的概念。据研究推测，其实它的意思与“禾”接近，表示农作物生长成熟了，或者表示生长成熟被收割了，有从事农事活动的含义。据考证，仰韶文化彩陶上的神秘文字正是我们中国文字的最早起源，这是多么了不起的华夏远古文明奇迹啊!

仰韶彩陶，这个穿越了华夏大地数千年的远古文明，如今静静地躺在明亮洁净的展馆玻璃盒内，正在被后人用最高的礼遇予以凝望和崇拜。它的神秘、美丽以及蕴含的智慧，正在现代文明高速发展的今天绽放着绚丽的光彩。

注：本文荣获由《人生与伴侣》杂志社主办的2023年全国文学征文大奖赛散文类一等奖。

心灵沙漠上，那永屹的旗帜和坚挺的脊梁

广袤的苍穹下，一支弯弯曲曲的骆驼队在赶驼人牵引下，沿着苍茫的沙漠，向着遥远的前方默默前行，坚定有力，渐行渐远，背影逐渐模糊。远处有几座稀稀疏疏、隐约可见的蒙古包。两匹高大的双峰驼在路边迎风屹立，仰天长啸。高耸的驼峰，突兀而立，像沙漠上永屹的旗帜、坚挺的脊梁。我甚至仿佛听到了荒寂沙漠上飘荡的天籁之音——那渐渐远去的悠扬驼铃声伴随的粗犷驼鸣。

这就是吴作人先生的精品之作《啸传万里足立千秋》所描绘的动人心魄的画面。此幅骆驼画，是我以前收藏的吴作人先生的极为精妙的水墨画。

从画面远景看，穿黄大衣的赶驼人、坚毅远行的沉默骆驼队、淡笔而写的蒙古包以及广袤的苍穹、苍茫的沙漠，组成了一道极为壮美亮丽的沙漠商旅风景线。骆驼以阔笔淡墨扫出健壮的身躯，又用浓墨复染颈鬃、驼峰、尾部和四肢关节，与整体画面构成了黄、黑、白、灰等对比鲜明的色彩韵律。从画面近景看，屹立路边的两匹双峰驼则后腿用力撑开，关节劲突，仰天长啸，笔笔是形，笔笔有质，呈现出傲视大漠的雄浑气概，表现了一种坚韧强劲的力度节奏美。整幅画面用笔洗练、简洁、灵动，淡墨浓墨，丰富多变，粗犷的色块、细腻的画风与远去的驼队、长啸的骆驼构成了一幅意境深邃旷远、表现雄强有力的骆驼精品图，可谓栩栩如生、惟妙惟肖。

此画上方有吴作人先生“啸传万里足立千秋　一九八七年写漠上　作人”落款及印章，落款之上另有我国著名文物鉴定专家史树青先生亲自题跋的“沙漠之舟　题吴作人先生所画骆驼精品　二〇〇四年十月　史树青”落款及印章。

视线向下，我不禁为此幅画面中，骆驼身上厚重、坚韧和充满使命感的蓬勃之生命张力所震撼，并由此深深感悟到，在艰难的沙漠跋涉中，骆驼身上所迸发出的那种高贵的奋进精神。我屏声静气地品赏，常常流连其间，惊叹不已，遐思联翩。

吴作人（1908年11月3日—1997年4月9日）先生为安徽宣城泾县人，师从徐悲鸿，早年攻素描、油画，晚年专攻国画，境界开阔，寓意深远，以凝练而准确的形象融汇了中西艺术。1984年法国政府文化部授予他“艺术与文学最高勋章”，1988年比利时国王授予他“王冠级荣誉勋章”。

吴作人先生是继徐悲鸿之后中国美术界的又一领军人物。

吴作人先生追求自然，崇尚创新。他以自然为师，总是充满活力地进行艺术创造，把写实与写意、再现与表现有机结合起来，既融合了东方与西方的审美情趣，又贯通了现代与传统的艺术追求，精益求精，不断创新，从而使作品的艺术表现抒发得淋漓尽致、出类拔萃。在题材创作方面，正当一些画家在古老的题材上炒冷饭的时候，他又打破常规，独具特色地创作出古人很少入画的骆驼形象，以及前人少有接触的牦牛、熊猫等题材，从而给画坛带来了一股刚劲质朴的新鲜空气，并且为这些题材注入了独到的内在品质，如骆驼的奋进、牦牛的勇猛、熊猫的憨态，等等。

尤其对于骆驼，吴作人先生可谓情有独钟。

在抗日战争的艰苦时期，吴作人先生痛失爱妻与稚子，轰炸中住房也被烧光。国仇家恨，忧闷中奋发，坎坷中拼搏。这一切都无形中为他艺术素质的沉淀准备了感情基础。在二十世纪四十年代，他也正是带着这种复杂的心情，深入敦煌，进行艺术考察和藏族聚居区的生活体验。这也成为其艺术生涯十分重要的转折点。

吴作人先生西涉大漠，深入敦煌、炳灵寺、麦积山等地，漫游青藏高原牧区。古代中国艺术特别是北朝艺术犷放腾动、刚健宏大的气魄，现实生活中，特别是牧民勇猛、雄健、淳朴的素质，都给予他的艺术以旺盛的生命力，使他的艺术既接通了传统的源流，又找到了直接的生活源泉，从而得到了无比丰富的营养源，使他从历史和现实两个方面均受到民族精神与审美意识的洗礼。于是，自然而然，他的作品艺术地体现了其生活修养、精神境界、笔墨情趣的和谐统一。他不仅是猎取那些耀眼的服饰与色彩，还取其雄浑、质朴的素质与苍莽高原的气魄。他不仅是从生物学、解剖学的视角去研究骆驼，还从生活学、艺术学的角度，去淋漓尽致地表现骆驼在雪线地域、高寒缺氧环境下生存过程中形成的那种拼搏、刚劲、倔强的勇与力，以及在荒漠缺水环境中形成的那种坚韧、刚毅、耐劳的奋进精神。

吴作人先生说：“戈壁滩上的骆驼能够负重致远，不畏艰苦，跟牦牛那样雄强与猛冲不同。它是一步一个脚印地往前走。它的造型也很有特点，从头、脖子、驼峰到腿，给人以坚毅厚重的感觉。尤其到寒天将临时，它长了新毛，一群群站在沙丘里或是在戈壁滩上行走，使人体验到一种不平凡的力量，在风沙漫天的时候，它会趴下来，头贴在地上成为一个流线型，人就聚在它身躯的保护之下。不管你给它驮上多么重的物品，只要不至于让它跪在地上起不来，它就往前走，在漫长的路程上，它自带水和脂肪，有时疲乏极了，就倒下死去。从动物本身来说，这是它的特性；对人来说，能把人带到与环境奋斗的境界，一个既是诗，是音乐，又是画的境界。”从此段话中，可见吴作人先生已经把骆驼从生活中的“物象”提炼为心中的“意象”，并通过自己反复意匠经营，如黑白色块的构成、形体的夸张塑造、画面力度节奏的追求以及色彩高度提纯后的调子等形式美的过滤与创造、意境美的凝练与抒发、气质美的醇化升华之后，他的艺术最终进入一种既是诗、音乐，亦是画的极高艺术境界。具体到此幅画作中，无论从骆驼负重致远、奋力前行、坚韧不拔的性格里，还是从骆驼在沙漠中迎风屹立、仰天长啸的形象上，还是从驼队沉着行进的脚步节奏之美中，都精妙典型地体现了骆驼高贵的奋进精神——那种“不平凡的力量”，作品淋漓尽致地表现了吴作人先生磅礴激昂的民族情感、个人情感和颇为深厚的文学、音乐等艺术素养。

骆驼虽然极少成为入画题材，但对骆驼的赞美，历代文人墨客都不吝辞藻，作品亦表现了极为丰富深刻的内涵。元代诗人陈孚有“塞沙茫茫出关道，骆驼夜吼黄云老”之句赞骆驼。郭沫若曾在《骆驼》一诗中，赞骆驼为“沙漠的船”“星际火箭”“有生命的导弹”。梁实秋在散文《骆驼》中则称骆驼为“任重而道远”的“沙漠之舟”。

文人墨客的诗文，为什么对骆驼都赞不绝口呢?

其实，这一切皆源于骆驼身上特有的那种“不平凡的力量”——高贵的奋进精神。

骆驼，被誉为“沙漠之舟”，是哺乳动物，常常成群结队，是沙漠地区居民的重要运输工具。

它们任重而不畏道远。在苍茫的沙漠，它们迎着肆虐的风沙，冒着恶劣的天气，始终如一地沿着远方既定目标，负重前行，砥砺跋涉。昂首阔步是它们坚强的性格，仰天长啸是它们凛然的气概，而在它们柔和沉静的眼里，永远蕴藏着憧憬的春水。

它们一步一个脚印。前进的足迹，长年不知疲倦地深深烙印在茫茫沙漠之上；高大伟岸的身躯，永远不停地穿行在这个偏陋不毛之地。从险峰走向幽谷，又从幽谷迈向险峰，深一脚浅一脚地在大漠上默默前行，每一蹄都是艰难跋涉的朝圣印记，每一蹄都是沉实扎下的坚强信念，每一蹄都是走出绝境的重要标志。

它们坚韧不拔。因为它们吃苦耐劳，从不依赖别人，自己的眼帘可防风沙，自己的身体构造可无惧缺水环境，自己的蹄足可远行，除非能量完全透支，否则它们永远不会在大漠上跌倒。在荒无人烟的茫茫沙漠之上，它们常常孤独无助，都市的喧嚣繁华，与它们无关，一切都无法阻止它们坚定地朝前迈步，因为伴随着它们艰难跋涉的还有悠扬的驼铃、嘶嘶的粗犷驼鸣。当然，无论道路如何崎岖，无论风沙如何狂暴，即使沙砾刀子般的磨砺脚掌，也无法收住它们勇往直前的脚步，纵使酷日炼狱般的拷问，亦没能使它们放弃使命初心。

任重而不畏道远、一步一个脚印、坚韧不拔，这就是骆驼高贵的奋进精神！

骆驼精神，不仅是一种传承千载、永不言弃的顽强拼搏的奋斗精神，而且是一种值得我们深深借鉴的人生进取精神，犹如吴作人先生在《啸传万里足立千秋》中挥笔画就的高耸的驼峰，是心灵沙漠上，那永屹的旗帜和坚挺的脊梁。

齐白石与梅兰芳的红梅之缘

“此幅《红梅图》确为齐白石真迹！”身为书画专家的老师一边用放大镜在画作上游移，一边瞪大眼睛，两眼放光，兴奋地惊呼一声，瞬间把所有同学吸引过来。

几年前，我在苏州参加高级艺术品鉴定评估师培训。按授课的安排，我把一幅自己早年珍藏的齐白石《红梅图》交给一位身为书画专家的老师鉴定。老师鉴定非常严格，此前其他学生带去鉴定的基本上都被认为是赝品。然而，当我珍藏的这幅《红梅图》被老师徐徐展开时，居然被鉴定为齐白石画作真迹，惹得同学们称赞、羡慕、吃惊甚至嫉妒之情溢于言表。

老师继续说：“此幅《红梅图》艺术风格就是齐白石的，重要的是此画作左下角有我的老师杨仁恺先生的一方鉴藏印，我非常熟悉，一般他只会在自己喜欢的名家画作真品上盖上此章，而且此方鉴藏印的上面还有朵云轩珍藏印，是非常难得的齐白石《红梅图》精品真迹。”

听了老师的鉴定结果，我非常开心，觉得自己在收藏上捡了一个大“漏”。

回去后，我认真仔细地翻阅大量有关文献资料，结合培训课上学来的书画鉴定知识，结果发现老师的鉴定结论非常正确，而且还得知了此幅齐白石《红梅图》的来历。

齐白石（1864—1957），原名纯芝，后改名璜，字濒生，号白石、寄萍堂上老人、三百石印富翁等，为中国近现代绘画大师，世界文化名人，擅长画花鸟、虫鱼、山水、人物，其中虾虫之类作品，妙趣横生，堪称一绝，而他的红梅图更是独树一帜，别具艺术风情，精品迭出。

细细观赏此幅齐白石的《红梅图》，其画面清丽豪逸，气韵生动，颇具独特艺术风情。几枝红梅由上而下，花枝交叉斜悬，柔韧的梅枝上，朵朵鲜艳的红梅璀璨绽放，似在风中微微摇曳，或含苞欲放，或半开初绽，或烂漫怒放，而一条遒劲的树干则由下向上斜向伸展，与梅枝默契呼应，更是增添了梅树雄浑健拔的韵味。红梅树下，有几行齐白石苍劲有力的题款：“兰芳先生清房　三百石印富翁齐璜于京华”，钤印“木人”（朱）、“齐白石”（白）。此题款、印章不仅巧妙地平衡了画面结构，而且与红梅相得益彰，生发出几分盎然的意趣。整幅画面生气勃勃，自然朴拙，弥漫着清新绚丽、豪迈秀逸的气韵。

此幅《红梅图》属齐白石精品之作，有代表性地体现了其红梅类题材作品的艺术特色。首先，此作采用大写意并融合没骨笔法画梅。以写意的涩笔重墨寥寥几笔勾勒出苍劲的树干和虬曲的枝干，颇具活色生香的金石气韵，再融入没骨笔法，以纯净的西洋红点染花瓣，以浓墨点花蕊，层次丰富井然，艳而不俗，使饱满娇嫩的红梅在墨色映衬下更加清新明丽。其次，红梅构图既师承吴昌硕技法，又有自己的创意，张弛有度。枝条交叉奔放，疏密有致，开合自如，偶见方形，也有吴昌硕的“女”字形之痕，而树干则金石气息更浓，用笔古拙，苍老如铁，使得构图既雄浑奔放，又法度严谨。再次，红梅造型自然亲切，颇含世俗意趣。枝干交叉突兀，但没有过度夸张的欹侧凛然，而是柔韧坚强，生气勃勃；花卉清雅绚丽，但没有太多的冷艳孤傲，而是热烈奔放，平实质朴。整幅画面充满了人间烟火暖意，表现了浓郁的生活情趣。此画左下角钤印“杨仁恺鉴定真迹之印”（朱）、“朵云轩珍藏印”（朱）。

细赏此幅《红梅图》，其笔力既刚健苍辣，又秀逸清致，尤具金石风味，而笔墨凝重明快，奔放奇纵，意境雄健浑厚，生机盎然，可谓形神兼备，情景交融，雅俗共赏，别具一格，淋漓尽致地展现了齐白石红梅图清丽豪逸、气韵生动的艺术风情。

红梅画属齐白石缘物寄情、写物附意类题材作品，齐白石与红梅有着不解的“梅缘”情结，而这个情结，是与他内心追求的精神境界及萦绕心头的乡愁友情分不开的。齐白石年轻时曾租过一个叫梅供祠的祠堂居住，由于房屋周围遍植梅树，所以又称“百梅祠”。在这个“百梅祠”里，他一边生活，一边创作，对其充满了深深的感情。从此作题款来看，应该是齐白石赠送给友人梅兰芳先生的精品之作。齐白石与蜚声梨园的艺术大师梅兰芳（1894—1961）之间有着不同寻常的师生之谊，且关系密切。梅兰芳曾拜齐白石为师，也同样喜欢画梅。有一次，齐白石到一个大官家里去应酬，由于他衣服穿得平常，又无熟友周旋，受到了满座宾朋的冷落，唯有梅兰芳对他很是尊重，由此两人成为意趣相投的深交。后来梅兰芳因经济拮据，生活困难，被迫挥泪卖掉自己在北京的房子（即题款中所指的“清房”）和平时收藏的珍品，并将举办红梅、竹子作品画展以售卖解困时，齐白石就特意精心创作了此幅《红梅图》赠送给梅兰芳，以示雪中送炭之情，感谢他对自己困窘时的帮忙支持。此外，还有三方面原因：一是梅兰芳姓“梅”，二是梅兰芳也喜画梅，三是梅花象征清雅高洁，更符合两人的心志情操。

此幅《红梅图》确属齐白石赠送给梅兰芳的精品之作，并不是泛泛应酬之作。

独特迷人的吴冠中《白桦之林》

这是一幅意象瑰丽、诗韵深长的水墨写意画：

先是用明快的直线勾勒出三棵并列的白桦，伟岸而阳刚，并以澄澈而明丽的纯白色为主色调，间落墨黑的树斑，以斑驳的笔触点染出枝丫的粗糙质感，勾勒其硬朗强健之形态，坚挺而有力度，富于神韵。尤其是中间一棵，更显挺拔壮硕。其中最为明显的是树身有一颗黑斑一样的“眼睛”，似乎在眯眼窥人，秋波荡漾，生动而传神，此“眼”实为白桦之“画眼”。

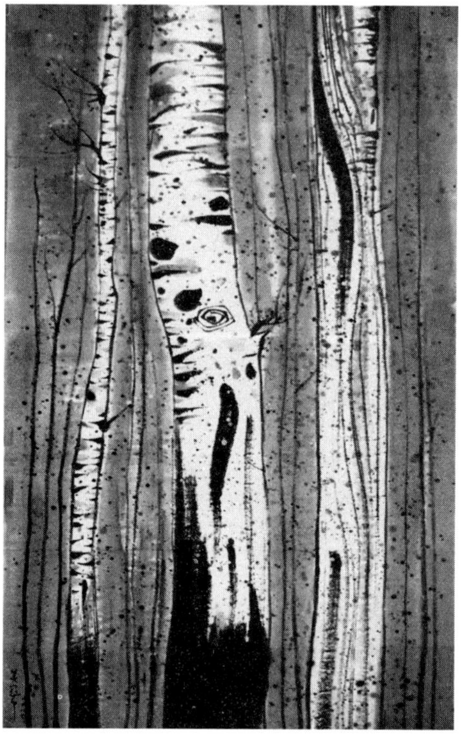

接着用细密黑线勾勒幽暗密林，若隐若现，影影绰绰。黄、黑、灰、蓝、红的斑斓色点穿插散布其间，大小不一，虚实错落，异彩缤纷，以抽象之形仿佛在不停地做扩散和运动，如敲锣落点之音，似缤纷色彩交响之乐，让人产生广袤的色彩联想，使白桦林意象变得更加鲜艳、闪烁和跳跃，充满了丰盈无限的生命律动和神奇美感。

此幅画作是我早年收藏的吴冠中先生二十世纪八十年代创作

的新国画精品之作——《白桦之林》，在非常写意的寥寥几笔中蕴含着无限的奥妙和神韵，展现了大师精湛绝美、别具一格的“吴氏风格”抽象美艺术风采。整幅画作尺幅宽大，以其独特迷人的绘画视觉语言，营造出一个清丽劲挺、栩栩如生而充满无限想象空间的清新唯美的白桦林世界，带来强烈的艺术视觉冲击。

吴冠中（1919—2010），江苏宜兴人，当代著名画家、油画家、美术教育家，是二十世纪现代中国绘画的代表画家之一。他顺应历史发展和时代需要，融合中西艺术，将中国绘画艺术推向世界。

白桦是吴冠中先生所喜爱的题材之一。他曾在《文心画眼》中坦言：“天寒地冻不开花，长白山下看白桦。”在他的心目中，白桦躯干“雪白、银白，间有墨黑的斑，像浓墨泼落在素白的宣纸上，极美”，而且“密林深处显得非常幽暗”。此外，“白桦喜居寒地，有意寻白桦之林，我从长白山又追到新疆阿尔泰。进入银色之林，悄无一人。白桦的黑斑像眼睛，但只有上眼睑，没有下眼睑，她眯着眼窥人，林中处处见秋波。既成林，每株树身便隐现在林中，林成片，片上谁布斑点，是锣鼓之音，是抽象之形，是交响之林”。

吴冠中作品最大的艺术特色就是以抽象美为核心的独特迷人的绘画视觉语言，具体表现为富于创新精神的点、线、块三要素组成的图像语言和墨彩构成的色彩语言有机融合。吴冠中认为，抽象美是形式美之核心。它不表现某一具体的客观事物形象，不拘泥于物象的逼真与肖似，而是从具体事物中剔除复杂性，剥离出事物最美的典型本质，以最为简洁和谐、奇特美妙、丰盈深厚的绘画视觉语言，来体现一种内心的符号式的精神，从而使他的作品给人以无限的想象空间，产生震撼人心的艺术魅力。

在此幅《白桦之林》作品中，其流畅韵动的线、断断续续的点、变化无常的块以及斑斓缤纷的色彩等抽象美绘画视觉语言的运用，并非单纯地排列组合，而是通过打散、重构、对比、重复排列等方式安排到画面设计中去，简洁而不失韵味，沉静而不乏力度。此外，该作还以抽象的写意手法构图饱满，虽然望不到树顶，亦不炫耀线条的提按顿挫，但其树身线条简洁流畅而阳刚朴实，白如雪，黑若墨，黑白对比分明，进一步强调了树身的黑、白、灰色彩之间关系，并将点、线的扩展延伸均以块面形态呈现，很好地把握了画面的韵律感和节奏感，从而以其独特迷人的“吴氏风格”绘画视觉语言，营造了东方式审美意境，淋漓尽致地表达了画家纯净美好、昂扬奋发的思想情感，意象瑰丽，诗韵深长，给人以艺术美的心灵震撼。

此幅《白桦之林》画作堪称吴冠中先生二十世纪八十年代艺术成熟期的精湛绝美之大作。

牛形铜灯玉组饰摆件

——奇妙绝美的玉雕珍品

在我的收藏生涯中，颇为得意的是我曾经收藏了一件奇妙绝美的古玉雕，在我眼中无与伦比，堪称珍品。

这件古玉雕，我姑且把它命名为“东汉牛形铜灯玉组饰摆件”。其整体是由十件扁平片状新疆和田青玉雕件组饰嵌插衔接构成的摆件，器型整体呈东汉特有的牛形铜灯状，其雕工精致细腻，颇具汉代典型的“接刀工

艺”、“游丝毛雕”雕刻以及“钩云纹”纹饰艺术风格特征。牛形造像栩栩如生，古朴别致，飘逸大气，壮硕的牛背上置一戴斗笠状灯笼，一条弧形管状玉构件从牛背的灯笼处巧妙地连接至牛头，仿佛一位端坐牛背快乐吹箫的牧童写意画，更如一曲律动悠然的古典音乐，意蕴深长，余味无穷。尤其令人拍案叫绝的是这件古玉雕可组可拆，组之，则为器型硕大的写意玉雕，拆之，则各成娇巧玲珑的精致玉雕小件，这是我从未见过的奇异美妙的古玉雕。

那么，我为什么把此件古玉雕藏品命名为“东汉牛形铜灯玉组饰摆件”呢？把玩鉴赏这件奇妙绝美的古玉雕，其实有一个意趣盎然的过程。

汉代是我国历史上一个国力强盛、疆域辽阔、经济繁荣的朝代，也是我国玉雕发展史的一个高峰，有片雕和圆雕等，精品迭出，杰作频现，具有鲜明的时代特征，是中华民族奇丽的文化艺术瑰宝。

这件“东汉牛形铜灯玉组饰摆件”，个人认为，是一件非常难得的玉雕组饰，在国内尚属罕见，其雕刻有汉代典型的宫廷王室艺术风格，闪耀出绚丽迷人、震撼人心的人文风采和艺术魅力。

这件古玉雕藏品，是我在二十世纪九十年代一个偶然机会收藏的。

得此藏品，我心悦不已，越玩越欣赏，越欣赏越玩，沉醉其中而不能自拔。无论从纹饰还是工艺来说，此件藏品均具汉代玉雕艺术风格。特别是它的玉材为有“帝王玉”之誉的新疆和田青玉籽料，玉质细腻温润，玉色深重且纯正一致，尤其还是大块头籽料，更为罕见，在深入玉肌的黄土沁以及熟滑圆润的自然包浆映衬下，显得美妙无比，超凡脱俗。新疆和田青玉当时仅为汉代宫廷皇室所专用，民间几乎绝迹。可见此件“东汉牛形铜灯玉组饰摆件”来历不凡。

然而，它的器型硕大独特，这在我所见的汉代玉雕藏品中均未发现类似的。我遍找资料，亦未曾寻觅到蛛丝马迹。但皇天不负苦心人，一位在高级艺术品鉴定评估师学习班上认识的同学指出，此件古玉雕藏品器型确为汉代特征，并把有关南京博物院的“东汉错银铜牛灯”藏品图片资料发我参考。据考证，该“东汉错银铜牛灯”藏品为东汉青铜器，1980年出土于江苏扬州市邗江区甘泉路2号东汉广陵王刘荆墓。我把自己的古玉雕藏品实物与该图片仔细比对，居然发现器型完全吻合。在东汉，牛形铜灯常为王侯贵族喜欢的物件而随葬。那么再联系我的这件古玉雕藏品为“帝王玉”新疆和田青玉所雕琢，据此推论，我认为，这件古玉雕藏品应为东汉宫廷王侯贵族喜欢玩赏的玉雕艺术品而珍藏传世。

寻找到这个答案，我自然非常开心，信心倍增。但是，器型虽然已经符合东汉玉雕特征了，而且出身高贵，但是为什么会在此件硕大古玉雕上出现了可拆可组、嵌插自如且技术相当完备的罕见神妙的玉雕工艺呢？它究竟隐藏着怎样神乎其技的精湛工艺和令人震撼的中国古玉文化呢？

我进一步查阅浩瀚资料，遍访高人请教，终于揭晓谜底。原来，这种可拆可组、嵌插自如的罕见神妙玉雕工艺，其实就是中国古代充满智慧和人文魅力的榫卯式玉雕工艺。

榫卯工艺源于中国古代建筑工艺和传统的木匠工艺，最早可追溯到大约七千年前河姆渡遗址的干栏式建筑。这种工艺增强了房屋和木头的稳固性，并且此后，我国古代许多著名建筑、木工均使用了这种充满中国式智慧的榫卯结构，如天津蓟州独乐寺观音阁、山西应县木塔等建筑。所谓榫卯工艺，凸出来的部分称为“榫”，凹进去的部分叫作“卯”，整件器物不用一钉、一丝的金属连接，全部采用凹凸结合的榫卯构成，嵌插衔接，从而使构件与构件之间榫卯咬合，实现天衣无缝的完美嵌插衔接。随着汉代“接刀工艺”“游丝毛雕”以及“钩云纹”等玉雕技艺与榫卯建筑、木制工艺的不断发展融合，开始衍生出榫卯式玉雕工艺，并由擅长此绝技的能工巧匠制作专用于宫廷皇家王室的扁平片状玉雕精品，如上海博物馆馆藏的东汉玉舞人（足下有一短榫，以供嵌插之用）、定州博物馆馆藏的东汉玉屏风（1969年河北定州中山穆王刘畅墓出土，由扁平且镂雕各式纹图的两个支架和两块屏板铆合而成，屏板两端各有一长方形扁榫）等，而本藏品“东汉牛形铜灯玉组饰摆件”，是由十件扁平片状新疆和田青玉雕件组饰嵌插拼接构成的摆件，则相当完备地体现了汉代极为成熟复杂、精妙独特的榫卯式玉雕工艺，有力地证实了榫卯式玉雕工艺在东汉的盛行。后来，可能随着圆雕玉器的兴起，这种榫卯式玉雕工艺开始在历史的长河中逐渐消失绝迹。

榫卯式玉雕工艺蕴含着汉代博大精深的文化意蕴。《易经》里说，“一阴一阳谓之道”，这里的意思是世间万物都要遵循有阴即有阳、有盈即有亏的规律，互补共生，缺一不可。“东汉牛形铜灯玉组饰摆件”的构件就融入了这种中国古代的阴阳文化。凸出的“榫”为阳，凹进“卯”为阴，每个玉器的构件榫头均嵌插入另一个的卯眼中，节节衔接，严隙密缝，自然咬合，浑然一体，巧妙地达成了天衣无缝、浑然天成的完美吻合，创造出和谐融洽的艺术世界。

榫卯式玉雕工艺展现了汉代古人的艺术美学思想。首先，榫卯玉雕构件设计得尤为精巧，嵌插衔接时绵绵勾连，丝丝相扣，但又不紧不松，恰到好处，咬合得非常精准，尤其是玉牛头顶上方的弯曲弧形管状构件尽管雕刻难度极大，但能巧妙而精准地嵌插衔接在牛头和牛背灯笼之间，造型优美，技艺精湛。其次，组饰成像后，又浑然一体，造型别致，平面摆放时，俨如凝立，而立体神秘之感兀然而出，生动传神，精妙绝美。玩赏时，榫卯玉雕构件可组可拆，十分灵活，宛如摆弄棋子，又如搭玩积木，奇趣横生，妙意无穷。

我最终惊喜地发现，此件“东汉牛形铜灯玉组饰摆件”或是出自汉代宫廷，较为少见，人文底蕴深厚，艺术魅力动人，尤其淋漓尽致地展现了汉代成熟完备的榫卯式玉雕工艺，奇妙绝美，堪称珍品，玩赏时常令我深为震撼。

舞之精灵

——美妙独特、动感十足的汉代和田白玉双面透雕龙凤舞人佩

凡玩赏玉器，必要“三赏”：一赏其工艺之精湛，二赏其艺术之美韵，三赏其人文之内涵。我之所以对汉代玉器情有独钟，就是因为汉代是我国玉雕发展史上的一个高峰，其时的作品往往具备了玩赏玉器的“三赏”要求。在精品迭出的汉代玉雕中，除了工艺精湛、人文内涵深厚外，如果从艺术的角度来玩赏，我更喜欢汉代玉舞人。

比如，我早年收藏的一件“汉代和田白玉双面透雕龙凤舞人佩”，就具备了美妙独特、动感十足的艺术之美韵，令人赏心悦目，震撼不已。

该佩材质为新疆和田白玉籽料，扁平片状双面透雕，双面纹饰相同，工艺上颇具汉代典型的“游丝毛雕”艺术风格，

且包浆自然，熟滑圆润，黄土沁深入玉肌，多处已呈钙化，为汉代时期玉器特征。其顶部龙口巧妙成一穿孔，故应为挂佩。舞人为窈窕美女造型，比较写意，面部用细阴线雕出精致五官，眉鼻相连，呈倒“几”字形，圆脸小口，脸带微笑，身材苗条，曲线柔美，舞姿袅娜。前额刻假髻半月形发饰，并以短阴线简镌清晰头发，两耳垂发微卷。身着交领长袖，曲裾长裙曳地，长裙上雕一徐徐攀爬的凤鸟，玲珑绚美，衣袖亦用寥寥几笔细阴线雕刻，是直筒加喇叭袖并带钩状纹饰组合，线条刚劲流丽。双臂长袖呈“翘袖横腹”型，一改通行的“翘袖折腰”型，扬一臂袖用力上甩盖至头顶，袖口则托举一昂首蛇形龙，气势飘逸，伸另一臂下甩横置于腹部，且呈跪状，体态轻盈，风姿绰约。

如果对着光照，该佩呈洁白晶莹光泽，其玉质温和滋润，细腻致密。而舞女圆圆的笑脸眉清目秀，细鼻小口，巧笑倩兮，美目盼兮。在扬臂甩袖、翩翩起舞的曼妙跪姿瞬间，袖口托举的那一昂首蛇形龙又与高扬及横腹的手臂巧妙似成“S”形龙，盘旋飞舞，飘逸奔放，与长裙上玲珑绚美的攀爬凤鸟互衬，转瞬使倩倩舞女栩栩如生，宛若天姿国色、轻盈如燕的舞之精灵，欢快炽热的情感倾泻而出，极具生命的动感和强烈的艺术感染力。其精妙绝伦、高超精湛的玉雕工艺，淋漓尽致地展现了舞人美妙独特、动感十足的艺术美韵，不禁令人拍案叫绝，叹为观止。

汉代是中国历史上经济繁荣、疆域辽阔、国力强盛的朝代，也是中国玉雕艺术发展的一个高峰，而玉舞人佩可谓出类拔萃的巅峰之作，是汉代最为著名、典型的玉器品类之一。玉舞人起源于战国，盛行于汉代。在汉代贵族妇女中极为流行。

随着西汉轻徭薄赋、休养生息政策的实施，汉武帝打败匈奴、拓疆卫土以及东汉的光武中兴，祥和安定、欣欣向荣的汉代社会乐舞开始兴盛，出现了歌舞升平的景象。当时舞蹈内容形式可谓千姿百态，层出不穷，尤其是受巫舞影响甚深的楚国乐舞被引进汉宫，成为具有享乐情调的国宴舞乐。长袖善舞的舞伎们也不再是礼仪的象征，而成了艺术欣赏的对象。此外，汉代乐府机构还收集了大量民间舞乐，流行于宫廷，把宫廷舞乐推向高潮，并且由此还脱颖而出一批舞艺精湛的舞姬，如汉高祖宠姬戚夫人、汉武帝刘彻爱妃李夫人、汉成帝皇后赵飞燕等都是著名的舞姬。随着汉代玉雕艺术发展日渐成熟，舞女们的窈窕舞姿被古代治玉工匠琢制成美不胜收的玉舞人，将其永恒定格在了莹洁温润的美玉之中。玉舞人也成为宫廷喜好舞乐的王公贵族的一种显示身份地位和展示形象的装饰佩玉，并且为汉代贵族妇女所喜爱。他们生前追求歌舞声乐，死后还要将舞人玉制品作为随葬品。我们从后期汉代王侯贵族阶层的墓葬考古中发现的玉舞人就实证了这一点。

在汉代玉雕文化里，龙凤也开始盛行，许多汉代典型玉器就已经充分表现了这种中华民族传统文化，如西汉透雕龙凤纹重环玉佩（西汉南越王博物馆藏）、西汉浮雕龙凤纹韘形玉佩（徐州博物馆藏）等。汉代和田白玉双面透雕龙凤舞人佩作为一件独具特色、出类拔萃的玉雕艺术精品，其龙凤纹饰典型地体现了汉代特有的社会文化内涵。

龙，众兽之君，乃中华民族图腾，象征腾飞进取、通天善变、征瑞示威之意义；凤，百鸟之王，蕴含秉德兆瑞、崇高雅洁、含情示美之寓意。故龙凤纹饰在汉代和田白玉双面透雕龙凤舞人佩上出现，寓意阴阳调和、吉祥如意；舞女含笑美盼，袅娜起舞，喻示欢乐舒畅、歌舞升平。精美的艺术造型，龙凤文化与乐舞文化完美融合呈现一种祥和快乐的整体观感，折射出汉代国泰民安、风调雨顺的社会缩影。从这个角度来说，汉代和田白玉双面透雕龙凤舞人佩是一件典型地反映汉代社会状况和深刻文化内涵的珍稀艺术品杰作，具有较高的艺术欣赏和历史文化研究价值。

一般来说，玉材珍贵且带龙凤纹饰的玉雕作品应出自皇宫，民间是不允许拥有的，由此猜测，汉代和田白玉双面透雕龙凤舞人佩应该为帝王皇后所佩戴，而且此件藏品雕工精湛、惟妙惟肖，舞人形象天姿国色、轻盈如燕，亦必定出自名家之手。

那么，此天姿国色、轻盈如燕舞人的原型究竟为谁的造像呢？舞人一般为舞伎，也可能为宫廷舞姬。《西京杂记》中载，汉高祖刘邦最宠幸的戚夫人“善为翘袖折腰之舞，歌《出塞》《入塞》《望归》之曲”，又《汉书》中载，武帝刘彻的爱妃李夫人亦“妙丽善舞”而博得武帝宠爱，汉成帝的皇后赵飞燕做高难度“掌上舞”，等等。由此可推断，舞人也有身份尊贵的舞姬，甚至贵为皇后，但戚夫人、李夫人的身份地位毕竟比之皇后要低，故龙凤纹饰荣华应该与她们无缘，唯有成帝皇后赵飞燕能与之相匹配。

赵飞燕（前45—前1）原名宜主，为汉成帝皇后，因其舞姿出众、美貌绝色而闻名于世。她轻盈如燕，舞艺高超，并常做高难度的“掌上舞”，故名飞燕。《赵飞燕外传》说她“长而纤便轻细，举止翩然”，因此“人谓之飞燕”。唐代白居易在《白氏六帖事类集》卷十八中也认为：“赵飞燕体轻，能为掌上舞。”此外，她身材苗条曼妙，面容精致姣好，更是深得汉成帝宠幸，与唐代的杨贵妃并称为“环肥燕瘦”。宋代苏轼《孙莘老求墨妙亭诗》中说：“杜陵评书贵瘦硬，此论未公吾不凭。短长肥瘦各有志，玉环飞燕谁敢憎。”清代梁绍壬《两般秋雨庵随笔》卷三中说：“评量粉黛，环肥燕瘦之间；品藻冠裳，贾佞江忠之列。”“燕瘦”是指赵飞燕的苗条曼妙身材，可见赵飞燕除舞艺高超外，还有苗条曼妙的身材为后人所赞叹。

再观此件汉代和田白玉双面透雕龙凤舞人佩藏品，舞人五官精致俏丽，身材苗条曼妙，而翩翩起舞时，又翩若惊鸿，且巧笑倩兮，美目盼兮，扬臂甩袖，舞姿袅娜，蟠龙攀凤，其栩栩如生的舞之精灵般的艺术美韵，活脱脱天姿国色、轻盈如燕的赵皇后再世。

据此推断，此件独特美妙、动感十足、充满艺术美韵的舞之精灵——汉代和田白玉双面透雕龙凤舞人佩藏品，应该出自汉代皇宫，为皇帝或者皇后生前所佩戴，具有较高的文物收藏价值。

意蕴深厚　魅力动人

——汉代青白玉立象鉴赏手记

我有两件早年珍藏的精美汉代青白玉立象，颇具汉代艺术特征。

玉象一大一小，大的约636克，器型浑圆硕大，小的约69克，器型圆润玲珑，大象小象均由新疆和田青白玉籽料雕制而成，油润光亮，神情安详，憨态可掬，身躯纹饰简洁遒劲，寥寥几刀就形神兼备。两象长鼻均向左后卷猛然上扬，锐牙毕露，象眼凸出，呈水滴状，象耳扇状圆凸，象足垂腹，粗壮厚实，刚劲有力，以小纹饰表现沉稳。象尾略有不同，大玉象的象尾用力往左甩，小玉象的象尾用力往右甩。两象的象颈、象鼻、象尾、象足等多用密排细阴线“游丝毛雕”技法雕琢，立体感十足。沁色已

自然渗入玉体，包浆苍润，有深郁的岁月沧桑感。

闲暇之余，我喜欢把玩这一大一小两玉象，赏心悦目，爱不释手。

汉代是我国玉雕艺术发展史的一个高峰，有片雕和圆雕等，可谓精品迭出，杰作频现。其中，动物题材的作品是汉代玉器圆雕的精品，体现了时代特征，如玉熊、玉马、玉兽、玉象等。玉象虽不多见，但因其材质珍贵、雕工精湛，以深厚的人文意蕴和动人的艺术魅力在汉代玉雕史上写下熠熠生辉的一页。

在汉代圆雕动物题材玉雕作品中，玉象虽然凤毛麟角，但象往往具有独特美好的人文寓意，一直深受人们喜爱。河南偃师寇店乡李家村东汉窖藏出土的鎏金小铜象、江苏盱眙大云山西汉江都王刘非（汉武帝刘彻同父异母的兄弟）墓出土的鎏金铜象等，就证明了这点。

从人文角度来看，玉象是意蕴深厚的文化意象。

在中国传统文化中，玉象一直享有崇高尊贵地位，历来被视为吉祥平安、富贵有加、力量无穷的象征。从生物本身来看，大象性格温和、待人忠诚、吃苦耐劳，而且能够负重远行，为人们所喜爱。从文化层面来看，“象”与“祥”谐音，所以大象也象征着平安吉祥；同时“象”又与“相”谐音，因此又寓意官运亨通、平步青云，持玉象便可“遇见祥瑞”、“拜相封侯”，等等，其寓意吉祥美好，颇具时代特征。

陆游曾在《春晚村居》中赋如下诗句：“太平有象无人识，南陌东阡捣麨香。”可见，当时大象就已成为天下太平的盛世的象征，因而又有“太平有象”“喜象升平”之说。此外，大象体形庞大，因其威严，被用于皇帝出行的仪仗保驾，如《西京杂记》记载汉武帝前往甘泉宫祭祀的舆驾就包括“象车，鼓吹十三人，中道”。《晋书》载：“帝行则以象车导引以试桥梁。”象体巨大沉重，桥梁道路经大象走过无损，说明稳固牢靠，皇帝再行就万无一失了。

老子在《道德经》三十五章里说：“执大象，天下往。往而不害，往平泰。”在这里，“象”非彼“象”，这个“象”指的就是“道”，即“大道”，全句的意思是说，谁掌握了伟大的‘象’，普天下的人们便都来投靠他，向往、投靠而不互相妨害，于是大家就和平而安泰、宁静。老子居然把“大道”喻为和平、安泰、宁静之“象”，可见“象”在老子心中崇高尊贵的地位。

汉代玉象作品往往立意高远，内涵深刻。经过休养生息、恢复国力的“文景之治”和积蓄实力、攘夷扩土的“汉武盛世”以及“光武中兴”后，汉时国家统一强盛，社会政治稳定，因此，玉象厚重敦实、健硕壮实的躯体以及豪迈雄强的气势，表达的就是这种厚重沉稳、力量强大的大国气象。

玉象由于独特的美好形象，特别是其博大精深的人文寓意，一直是历代人们所喜闻乐见的玉雕作品。

从艺术角度来观赏，此一大一小两玉象可谓神韵生动，雕刻精妙，艺术魅力动人。

首先，汉代玉象形象多丰满圆润，立体感强，充满张力。汉代玉象一般用料宽大，质地厚重，突出其腰肥体硕、浑圆敦实的特征，整体给人以丰满圆润之感。在此基础上，玉工处理局部细节时，又雕以凹凸分明的水滴眼、大扇耳，而对象鼻、象尾、象颈、象足等进行局部细节处理时，大都以汉代典型的“游丝毛雕”之技予以展示，瞬间使得扬鼻甩尾、显颈立足的玉象造型栩栩如生，立体感极强。此外，玉象的躯体饱满健硕，肥体外凸，其象鼻弯曲上扬、遒劲象尾劲甩、水滴眼球鼓凸、硕大扇耳荡摆、粗短刚劲立腿等细节，无不展现了体能巨大的玉象强劲的生命张力。

其次，汉代玉象注重形态动作，风格写实，超越具象。与汉代其他圆雕动物一样，汉代玉象最显著的艺术风格就是其超越具象的写实性。它往往以自然界真实动物为原型雕刻制作，神情安详，憨态可掬，既不狰狞，又不喧嚣，形体上基本不做太明显的夸张处理，身体结构大致符合解剖比例。同时，造型时着重通过玉象的多视点组合，常择取玉象正面、侧面、后面或斜角、俯视等角度所见局部，以强调形态动作，组合成完整的艺术造型。如在此一大一小的两个玉象正面，我们观赏到玉象头部的水滴状眼睛、尖长玉牙，尤其象鼻弯弯卷起往左猛然上扬，从侧面观赏到玉象饱满健硕外凸的肥体、粗壮有力的刚劲立腿，从后面观赏，玉象屁股上是一条用力向左或向右甩起的遒劲尾巴，等等，从而淋漓尽致地表现了憨态可掬、体能巨大、气势磅礴的玉象形态，其生动逼真的艺术形象，令人赞叹。

再次，汉代玉象雕刻线条简洁遒劲，雄浑豪逸。从整体来看，玉象雕刻风格简朴劲健，其躯体往往以寥寥几笔简洁遒劲的线条纹饰，流畅奔放，豪迈大气，充满雄浑豪逸的气势，表现了其健硕壮实的力量动感，甚至予人以强烈的艺术震撼力。汉代玉象雕刻局部细节细腻丰富，神韵动人。如玉象颈部、长卷象鼻、劲甩象尾、粗短象足等，大都采用汉代精湛的“游丝毛雕”技艺，饰以细密阴线予以精致刻画，瞬间造成一种憨态可掬、大气磅礴、雄健强劲、充满灵性的韵律感，生动传神，形神兼备，栩栩如生。

汉代青白玉立象目前存世稀少，材质珍贵，本藏品可能为汉代宫廷皇室贵族所玩赏的玉雕精品，更重要的是因为其有深厚的人文意蕴和动人的艺术魅力，有较高的收藏价值。

一枚精致考究、独特神妙的龙洋

对于银圆，我的确情有独钟。

晚上空闲时，我喜欢把自己早年收藏的各种或珍稀或普通的银圆摆放于案头，于灯下静静观赏。

灯光静静映照着。柔和的银光透过一块块圆圆的银圆或黑或灰或紫或绿或红的岁月包浆，满桌熠熠生辉，让我仿佛置身银光璀璨、如梦似幻的世界，似乎能听到银圆娓娓动听、如歌如泣的诉说，穿越了刀光剑影的历史沧桑，沉浸在精致美妙的艺术意象之中，体味到那种博大精深、奇美精妙的中华文化，令人悦目怡心，并深深为之震撼。

清代的银圆大都以龙纹图案为主，我们不妨称之为龙洋。在琳琅满目的龙洋中，我最为欣赏的是一枚被称为大清银币戊申吉字库平一两银圆

（中直径版）。

如果把“银币十大珍”之首光绪元宝奉天省造癸卯库平一两美誉为“龙洋之王”，那么此款大清银币戊申吉字库平一两银圆（中直径版）被美誉为“龙洋王后”“大吉龙洋”也不为过。据说，著名钱币收藏家马定祥曾珍藏一枚大清银币戊申吉字库平一两银圆，后在“文革”中遗失，下落不明。为此他难过得吃不下饭，睡不着觉，甚至在弥留之际，仍然唠叨不休，可见此币在他心目中的地位。

为什么呢？因为此枚龙洋不仅铸制得十分精美，还蕴含着有独特魅力的中国龙文化、阴阳文化和吉祥文化。

大清银币戊申吉字库平一两银圆（中直径版）于光绪三十四年（1908年）由吉林省银圆局铸制，直径约43.2毫米，在德国世界钱币目录中有收录记载。正面珠圈内书“大清银币”四个大字，珠圈外两侧从右到左镌“戊申”两字，上为四个满文，下铸“库平一两”四字，均遒劲挺拔，气势磅礴。背面雕着一幅蟠龙盘旋图，龙态威猛，龙纹精细，龙鳞清晰，惟妙惟肖，形神兼备。无论是制造技术还是字体图案雕刻工艺，该币均非常精湛到位，有刀劈斧砍的凸起感、立体感、利落感和饱满感，且深打字口清晰，圈珠圆润、饱满而匀称，内齿、边齿铸造规整，其粟壳色包浆入骨，偶带几片绿锈，灯光映照之下，从包浆中透出柔和的银光，古色古香，银辉闪耀。该银圆整体图文清晰深峻，豪放劲拔，包浆熟旧自然，均匀老到，可谓神韵毕现、精致考究。

如果再细细品赏，此币背面的龙图，竟然有一种独特神奇的魅力，令人深为震撼，叹为观止。

该币龙图是典型中国龙文化的独特体现。龙，乃中华民族古老图腾，其图案是最具代表性的中国传统文化符号之一，更是中国封建皇权的象征。细观此币，其背面龙图上的龙首处，有两条大龙角，再加中间一个龙额头，等于数目三，龙头上的扇形龙冠，即龙颈凸出处突兀出现的两个小横杠“—”，表示数目二，三加二等于五，再与九条龙尾数相联系，就形成“九五之尊”，象征皇权威严。再看该币龙角下两侧的龙须，其右侧是两长一短的三条龙须，而左侧却不见其相对称的另三条龙须，那么，究竟放在哪里呢？原来这左侧三条龙须是设计师的巧妙设计，将其下移，置放在左侧龙身弯曲处，这样既显示对称，又填补了多余的空间，另以曲线突出了龙须之美，可谓一举三得。但重点还是这三条龙须中最下面那一条曲线收尾处，有一稍长下垂点，这又象征着什么呢？据说这一下垂点喻示皇恩浩荡，垂幸百姓，象征皇帝仁慈。此币龙图所展现的中国龙文化，非常独特，令人感觉奥秘无比，回味无穷。

该币龙身还体现了极为神奇的中国阴阳平衡文化，我们不妨称之为S形。其S形龙身正好将内部圆圈及整个币背面分割成阴阳各占一半，如同“太极图”一样，阴中有阳、阳中有阴，上为阳、下为阴，由此演绎出该币龙背属“阳”，龙腹属“阴”，龙头属“阳”，龙尾属“阴”，中国阴阳平衡的文化理念在此枚龙洋上展现得淋漓尽致。为“阳”的龙背均是用描边细线装饰出来，为“阴”的龙腹则是用小细线串联起来的无数小圆珠，以此明显区分。但在该龙身左下方有一只粗壮的龙臂及龙爪出现，似乎将整条龙从中间切割成上下两半，而遇此关键点，龙图就转瞬产生了神奇变化，阴阳平衡出现了反转，为“内阴外阳”。其龙身上半部由于被大龙头遮挡了，于是原在下方阴处的龙腹反转成在外方，用描边细线来表示，原在上方阳处的龙背反转成在内方，以串联小圆珠来装饰。这一转变意味着该龙身正在扭动转折，由静态转为动态，且动感十足，栩栩如生，但此时仍体现为太极阴阳“外为阳、内为阴”的规则。如果我们将龙背上下所有的描边细线通过粗壮龙臂头尾连接起来，又成为一个S形，龙腹下的小圆珠亦是如此，这样，就使这原本平淡无奇的静止龙图，一下子“活”了起来，有了神龙活现、飞龙在天的动感，真是奇美无穷，妙趣横生。

此外，该币正面中心有一个小圆圈，里面刻写一个“吉”字，字体精美，中心突出，既示意“吉林”的地名，又寓意“吉祥如意”，可谓一语双关，意蕴深长，中国吉祥文化设计之精妙，简直令人拍案叫绝。

传说·妙品·谜案·坎坷

——中国古代书法名品文化探秘

一、扑朔迷离的《兰亭序》

《兰亭序》为东晋著名书法家王羲之所书，全文共28行，324字，通篇遒媚飘逸，字字精妙，犹如神人相助而成，故被书法界奉为行书神品，在中国书法史上享有极高的地位。

据说，唐太宗对王羲之的书法情有独钟。他在得到王羲之《兰亭序》后，爱不释手，推崇备至，并命令侍奉宫内的拓书人赵模、韩道政、冯承素、诸葛真四人各拓数本，赏赐给皇太子及诸位王子和近臣。此外，还有欧阳询、褚遂良、虞世南等名手临本传世，其中以冯承素所临的《兰亭序》最为著名。由于冯承素所摹之本卷引首处钤的左半小印有“神龙”二字，故后世又称其为“神龙本”，现藏于故宫博物院。

然而，对《兰亭序》的真伪，现代学术界又颇有争议：一方以郭沫若为首持“依托说”，认为其并非王羲之所作，而是由后人代笔，理由是其成熟完善的行书体系与王羲之所处以隶书为主导的历史时期不同，且其中正平和、飘逸流畅的书写风格与梁武帝对王羲之书法“雄壮刚强、富有张力”的评价是有差异的。另一方则以江苏省文史研究馆馆员高二适为代表，认为其确系晋代王羲之手笔，理由是王羲之书法在发展过程中，向高于旧时代的行书方面发展，故能称之为“书圣”，且此本书法文思潇洒而飘逸，与东晋士族的风貌也相吻合。

对于《兰亭序》的鉴定，学术界争辩激烈，一时真假难断。

那么，故宫博物院现藏的《兰亭序》“神龙本”，究竟是真是假?

这里，有个神秘的传说——

唐代贞观年间，洛阳有一个书生姓于，酷爱书法，尤喜临摹，其临摹技术达到了几可乱真的地步，但少为人知，知道此事的仅有两三挚友。

他有一个儿时的要好同学，姓冯（即冯承素），在京城皇家内廷任供奉拓书人。

一天，冯生急急邀请于生赶往京城长安，并把他引入密室，向他出示一卷书法。于生一看，竟是王羲之著名的《兰亭序》真迹，不禁大吃一惊。

冯生说：“皇帝（唐太宗）近来得到此书法真迹宝物，爱不释手，准备让它在昭陵陪葬，为此命令我等临摹一卷，以作传世墨宝。我觉得自己临摹能力不能胜任，所以请你过来摹写。”于生听了后，暗下决心，不能让王羲之千古书法真迹埋没于世。

他一口答应了冯生的请求。

于生就在冯生处住下来，纸墨齐备，每天临摹王羲之的《兰亭序》，但均不得其要领。

中秋节那夜，他俩喝了酒，冯生喝醉便睡了。于生就独自坐在灯下，仍然在品味《兰亭序》的技法。

他苦思冥想，昏昏沉沉。朦胧间，他恍惚看见一女子盈盈而来，并向他行拜礼，面容憔悴，泪痕斑斑，开口道：“小女子是金陵王氏女子，家传先祖的《兰亭序》在我这里传承已经是第八代了。现在皇帝听说我家中藏有此宝物，就强令我进献。我因为有先祖的遗嘱，未敢从命，于是就遭刑狱之苦，在京都被幽禁了起来，家中所藏的《兰亭序》也被强行夺走了。希望你能够可怜我，不能让此宝物陪葬。”

于生说：“在下自当相助，可是你祖上的杰作，举世无双，虽然我想临摹，但至今仍然不得要领，非常伤脑筋。”

女子说：“请你不要忧虑，我自小就学习书法，颇得家传，《兰亭序》技法早已被我烂熟于心，待我传授你技法要诀。”话未说完，她就如飘风一样，忽然穿透于生的身体出去了。于生大惊，看看身后，并无一人。

此刻，当于生再在灯下展读《兰亭序》真迹时，突然觉得其字体起承转合处字字分明，如扁鹊能看人肝肺，于是他急忙寻到纸墨，重新临摹一番，一气呵成，纤毫毕现，下笔如有神仙相助一般。

《兰亭序》临摹成功，竟然与真迹一模一样。于生知道这是王氏女子神助的缘故，便暗生敬慕之意，就在此临摹本上做好标记，以辨真伪。

天快亮时，于生就把此《兰亭序》摹本拿给冯生看，冯生看后也叹为观止，称谢不已。

于生说：“《兰亭序》既然已经有了摹本，真假难辨，你不如把此摹本献给皇上，随葬昭陵，而让真本得以流传人间，永世不失。”

冯生摇头说：“不可以，这是欺君之罪啊！”

说时迟，那时快，于生忽然拿起笔，飞快地蘸了一下墨水，在《兰亭序》真迹卷面上，涂抹了两个字。冯生惊恐失色，想抢夺已来不及了。

于生说：“这样，你也已经欺君了，只有把此摹本献给皇上，才可以避免祸患。”

冯生没有办法，只好听从于生的安排。

冯生把此《兰亭序》的真迹、摹本献给皇上。皇上见了非常开心，认为冯生“摹本”虽有污迹，但摹写逼真，亦很喜爱，所以就把它藏于秘府，以流传后世。

于生到长安的监狱去探望王氏女子时，却不见她踪影。狱吏告诉于生，王氏女子因为受不了监狱之苦，已经在中秋那一夜死亡了。现已埋葬在荒郊，不知其踪迹。

于生寻到空荡荡的荒郊，沉默良久。后来，于生就返回洛阳，精心研习王羲之书法，从此终生不再为人作假书法。

探秘《兰亭序》的历史之谜，笔者陷入深深思考：假设，这个神秘的传说是真的话，那么故宫博物院现藏的《兰亭序》“神龙本”是真迹吗？

二、《快雪时晴帖》竟然被乾隆帝叹誉为“二十八骊珠”

书法是中华民族独有的文字艺术，尤其是传世名帖，千百年来，历经沧桑而流传有序，可谓风姿独秀，神写天成。

王羲之的《快雪时晴帖》作为传世名帖“三希宝帖”之一，是现存最古老的书法神品，历来被奉为稀世珍宝。

王羲之（303—361），字逸少，又称王右军，东晋时期著名书法家，素有“书圣”之称。山东琅琊临沂（今山东临沂）人，南渡后居会稽山阴（今浙江绍兴），其书法兼善隶、草、楷、行各体，精研体势，广采众长，摆脱了汉魏笔风，自成一家，影响深远，其风格平和自然，笔势委婉含蓄，遒美健秀。

《快雪时晴帖》纵23厘米，横14.8厘米，是一封书札，其内容是作者写他在大雪初晴时愉快的心情及对亲友的问候。全书写有“羲之顿首，快雪时晴，佳想安善。未果为结力不次。王羲之顿首。山阴张侯。”二十八字，其释文有多种说法，其一是：王羲之拜上，刚才下了一阵雪，现在天又转晴了，想必你那里一切都好吧！那件事情没能帮上忙，心里纠结至今。世上很多事情就是这么无奈。王羲之拜上，山阴张侯亲启。此二十八字书迹，其笔意或行或楷，或流而止，或止而流，富有独特的节奏韵律。笔法圆劲古雅，无一笔掉以轻心，无一字不表现出意致悠闲。即使偶尔重心忽左忽右，或娴静，或规整，全局依然匀整安稳，不失平衡美感，表现了其显著的优美“体势”之特征。“体”指结字的形状和姿态，“势”指笔画产生的律动感。如“快”字左右相向的两部分，有着呼应的关系，“夬”的右肩略微高耸，末笔右顿，调和了倾斜的姿势，等等。

公元1746年，乾隆帝将《快雪时晴帖》与王献之的《中秋帖》、王珣的《伯远帖》并藏于养心殿，并御书“三希堂”匾额，意喻珍稀之宝。他对《快雪时晴帖》极为珍爱，在此帖前写下了“天下无双，古今鲜对”八个小字和“神乎其技”四个大字，又赏评其为“龙跳天门，虎卧凤阁”，对全书二十八字叹誉为“二十八骊珠”，并破天荒地盖下172个章，将其列为“三希”之首。

三、《中秋帖》的历史谜案

作为乾隆皇帝所珍爱的“三希宝帖”之一的中国传世名帖——王献之的《中秋帖》，在中国书法史上有极其重要的地位。

《中秋帖》又名《十二月帖》，纵27厘米，横11.9厘米，传为东晋著名书法家王献之创作的草书书法作品，纸本手卷，现藏于故宫博物院。

全书共三行仅二十二字，“中秋不复不得相，还为即甚省如，何然胜人何庆等大军”。个人猜测其大概意思是：中秋节已经过去了，但亲人还没有归来，也不知道他们现在怎么样了。如果亲人不能团聚，就算打了胜仗又有什么值得庆祝呢？还是等大军班师回朝再说吧。

该书迹无款署，但有明董其昌、项元汴，清乾隆等人的鉴藏印跋。此帖字形大小正斜组合，行草相杂，墨彩鲜润，运行流利，连断往复，气吞万里，雄浑奔放。梁武帝萧衍称之为“绝众超群，无人可拟”。清乾隆帝还在此帖正文后紧接评跋：“神韵独超，天姿特秀。”由此可见，《中秋帖》在书法史上的地位之高。

王献之，是王羲之的第七子，字子敬，浙江绍兴人，东晋大书法家，其书法众体皆精，尤以行草著名，在书法史上被称为“小圣”，与王羲之并称“二王”。

据说，《中秋帖》创作是在东晋太和四年（369年）开展第三次北伐中原战争时，王献之为思念参与战争的亲友，于当年中秋节写下的著名书迹。但对此传世名帖的真假亦有人提出异议：首先，此帖是用竹料写的，这种纸约到北宋时才出现，东晋是制造不出的；其次，从行笔上来看，所用的毛笔是柔软的无心笔，其书迹丰润圆熟，线条连贯，潇洒飘逸，而东晋使用的是有心硬笔，吸水性较差，笔的提、按、转折往往不够灵活自如，常出贼毫。所以，许多书画鉴定家认为此帖书迹其实非王献之之手笔，而应该出自宋代米芾之手。

米芾自己在著作《书史》里也说，他曾经临摹过王献之的一卷字帖。后来，在常州一个士大夫家里做客，客人们都争相拿出自己收藏的书画，请米芾把关。有一个叫沈括的人，即那个写《梦溪笔谈》的科学家，小心翼翼地拿出自己珍藏的宝物——一幅王献之的字帖时，米芾一看就说是赝品。沈括吃惊地说："这是我收藏多年的了，怎么可能是假的呢？"米芾笑着说："这是我写的。"当然，米芾在这里所称的王献之字帖，是否就是《中秋帖》也缺乏有力的证据。

总之，《中秋帖》虽然为书法史上著名的传世名帖，但是真是假，究竟出自哪位名家之手，至今成谜。

四、命途多舛的《伯远帖》

在清乾隆极为珍爱的"三希宝帖"中，对王羲之《快雪时晴帖》和王献之的《中秋帖》的真假问题，在收藏界是颇有争议的，唯独对王珣的《伯远帖》则公认为是东晋大书法家王珣的书法真迹。

《伯远帖》为行书纸本，因首行有"伯远"两字，于是以此为帖名。全书如下："珣顿首顿首，伯远胜业情期群从之宝。自以羸患，志在优游。始获此出意不克申。分别如昨永为畴古。远隔岭峤，不相瞻临。"大概意思是：我顿首再拜，伯远兄咱两个关系是最好的了，你能力非常强，在你仕途很好的时候，你却说自己患了病，志向在于山水之间。直到今天我才知道你这样说的原因，真是不堪提起。咱们两个分别就像是昨天一样，但又感觉那么久远了。我们之间隔着崇山峻岭，互相不能看到。

《伯远帖》是王珣为堂兄弟伯远写的一篇行书体书札，其笔力遒劲，态致萧散，妍媚流便，是典型的王氏风格，故为晋代王珣书法真迹，被清乾隆帝列为稀珍之宝，现收藏于故宫博物院。

王珣为东晋著名书法家王导之孙，王洽之子，王羲之之侄，为东晋时期著名书法家，工行书。《伯远帖》为其代表作，是东晋王氏家族唯一存世的书法真迹，被历代书法家、收藏家和鉴赏家视作稀世瑰宝。

作为东晋的大臣，王珣从政经历颇为坎坷。晋孝帝在位期间，王珣作为东晋门阀大家谢氏的女婿，颇受庇佑，仕途一帆风顺。但后来由于一些矛盾，导致王谢两家交恶。但王珣得到晋孝武帝的宠爱，依然在都城任要职。一天，谢安下令把王珣调到江西南昌任豫章太守，实际上想把王珣赶出都城南京。王珣坚持不去。那些天，对仕途遭到的挫折和排挤，王珣心中十分郁闷，就写信给当时任临海太守的堂兄弟王穆（字伯远），向他倾诉心中的愤懑和不满，此即传承至今的《伯远帖》之由来。

其实，与王珣本人一样，书法名迹《伯远帖》也经历了颇为曲折的传奇。《伯远帖》先是被北宋内府收藏，并被著录于《宣和年谱》，后被明代大书法家董其昌收藏，到清代时，又被乾隆所珍藏，列为“三希宝帖”之一。但清帝溥仪退位时，《伯远帖》又从皇宫中流出，险遭不幸。因为溥仪携带皇宫珍宝出逃时，《伯远帖》和王献之的《中秋帖》均在其中，后被古玩商郭葆昌所得。抗战胜利后，郭葆昌之子郭昭俊欲以此二名帖行贿国民党高官，但因被舆论揭露而失败。北平解放前夕，此二名帖被郭昭俊存放于台北中南银行，后郭取出欲与人高价成交，又遭舆论谴责而罢休。郭昭俊移居香港后，此二名帖押于英国某银行，流浪海外几成定局，终被中国政府以重金收回，收藏于故宫博物院至今。

第七辑

文史纵横

地球的呼救

——探寻地球史前超级大洪灾神话传说之真相及其警示

一夜之间，巨大可怕的海啸突袭史前地球，北半球瞬间被茫茫汪洋所包围，洪峰卷起近千米高的巨涛，以雷霆万钧之势，咆哮着冲向陆地，吞没了山陵平原，吞没了几乎所有生灵，陆地在汹涌滔天的波涛中惊恐地颤抖、呻吟……

这不是科幻影视，而是传说中的一场史前超级大洪灾。

那么，地球史前确实真实发生过如世界末日般的超级大洪灾吗？

一、神话传说中的地球史前超级大洪灾

关于地球史前超级大洪灾，我们可以从世界各国的远古神话传说中找到记载。

《圣经》中有一个挪亚方舟的故事，说是上帝看到人类性格的黑暗让他无法忍受，因此准备毁灭人类，但可以允许少数品行相对端正的人活下来。于是上帝预先告知挪亚带领他们逃命。当上帝放出巨大的洪水时，挪亚带领这些人和一些动物进入早已经造好的巨大方舟，在洪水中漂流。据说“此事发生在2月17日。这一天，巨大的深渊之源全部冲决，天窗大开，大雨40天40夜浇注到大地上”，“水势极其浩大，山岭都淹了”。在洪

水中漂流了40天后，方舟最终停靠在一座高山之巅。人类就这样重新生存繁衍了下来。

我国的神话传说“共工怒触不周山”和“女娲采石补天”则是这样说的：水神共工造反，与火神祝融交战。经过激烈交锋，共工最终失败，于是恼羞成怒，一头撞向不周山，撞断了山上支撑天地的大柱。天塌下了半边，出现了一个大窟窿，天水倾倒了下来，而地上也崩裂成一道道大裂缝，地底下的洪水也喷涌而出。山林则燃烧起熊熊大火，龙蛇猛兽纷纷出来吞食人类。人类面临着空前大灾难。女娲同情人类，于是就采用五色石子，熔化成浆，用这种石浆把残缺的天窟窿修补好，又捕捉了一只在水中作乱的巨龟，砍下其四足，当作四个柱子，把倒塌的半边天重新支撑起来。此外，女娲还擒杀了残害人类的黑龙，熄灭了龙蛇的嚣张气焰，收集了大量的芦草，把它们烧成灰，堵塞了四处漫流的洪水，最终止住了这场空前的大灾难。

在我国西南地区，流传的著名的伏羲兄妹的神话传说中也有大洪水的身影：伏羲兄妹的父亲曾用虎叉，把作威作福、危害人民的雷公叉进了大铁笼子。但是，狡猾的雷公乘其父亲外出时，用装病欺骗了善良的伏羲兄妹，得到了几滴水，恢复了神力，挣脱了牢笼。为感谢伏羲兄妹，雷公临别时从嘴里拔下了一颗牙齿，交给两个孩子，要他们赶快种在土里，如遇灾难，可以藏在所结的果实当中。父亲回来知道后，觉得即将大祸临头，就赶造木船准备逃命。兄妹俩抓紧把雷公的牙种到土里，那牙转眼间就结出了一个巨大的葫芦。两个孩子拿来刀锯，锯开了葫芦，挖出里面的瓤，钻了进去。这时，倾盆大雨从天而降，地底下也喷出了洪水，大水淹没了房子，又淹没了高山，一直淹到神仙居住的天门。天神督促雷公把洪水退了。后来，坐着船的父亲从空中摔下来死了，只有两个小孩幸存下来。男孩叫伏羲，女孩叫女娲。长大以后，他俩结婚做了夫妻，人类这才又重新开始繁衍。

古巴比伦的《吉尔伽美什史诗》是世界上现存史料中对大洪灾记载最完整的，因为它是由从大洪水中幸免于难的人口述而成的：“洪水伴随着风暴，几乎在一夜之间淹没了大陆上所有的高山，只有居住在山上和逃到山上的人才得以生存。”

对于世界各国的种种神话传说，现代人大都认为不确信，因为神话传说毕竟是神话传说。但是，种种证据表明，这场史前超级大洪灾在地球上的确是真实发生过的。

二、历史考证和科学研究成果竟然与远古神话传说的地球史前超级大洪灾惊人吻合

地球史前超级大洪灾神话传说是否真实，最有说服力的就是历史考证和科学研究的成果。

文字考证和史实记载，证明了在神话传说中史前超级大洪灾确实曾在地球上发生。

比如，“昔”在我国甲骨文中是㫺，该字上面“日”字图形代表太阳，下面的三条曲线代表水，意为在太阳底下到处都是大洪水，看不见高山，也看不见平地，可见当时的洪水有多大。“昔”本义是指从前和过去。古时常有洪水为患，人们记忆犹新，所以用滔滔的大水形状上加“日”来表示这个概念。这个字的意思是：从前曾经有过大洪水泛滥的日子，大家不要忘记。此外，我国史籍上亦有很多关于这场地球史前超级大洪灾事件的

记载，如《孟子·滕文公》中有“当尧之时，天下犹未平，洪水横流，泛滥于天下”、《山海经·海内经》中有“洪水滔天”等的记载。

世界各国神话传说几乎一致，进一步佐证了地球史前超级大洪灾发生的客观事实。

在世界上任何一个有足够时间跨度的民族历史中，几乎都有着惊人相似的大洪灾神话传说。目前已经查到的有六百多条，而且这些神话传说的特点更是惊人的一致。综合起来，主要有四个方面，第一，逃脱大洪灾的人都受到了神的预警。在《圣经》中，上帝先是预告挪亚等造舟脱难的，在中国神话传说里，伏羲兄妹是受到了雷公警示后才乘葫芦逃生的，在缅甸的《编年史》中，一位穿黑色衣服的僧人，向人们发出近期有灾变的警告。第二，逃脱大洪灾的人无一例外都是坐船之类的运输工具。如挪亚带领人们坐方舟避难，伏羲兄妹坐葫芦逃生。第三，大洪灾结果，往往只有少数人幸免于难，而且基本上是一男一女。如《圣经》中是挪亚和他的妻子，中国神话传说是伏羲兄妹，墨西哥传说是娜塔夫妇，希腊传说是德卡里奥恩夫妇，等等。第四，关于大洪灾的水位描述，全世界也有共同性，绝大多数民族的神话传说中，都说大洪水淹没了高山峻岭。第五，根据各国神话传说及历史记载，大洪灾持续时间基本为100至120天左右，而高峰期则在40天左右，而且大都发生在北半球。

考古和科学研究成果，有力地证实了神话传说中，史前超级大洪灾在地球发生的真实性。

地球史前超级大洪灾是如何造成的？根据考古和科学研究，目前存在着“地球板块运动说”、“冰雪融化说”和“天外来客说”，其中，以“天外来客说”最为流行。

二十世纪初英国考古学家在两河地区的考古挖掘中，发现在苏美尔古国遗迹的王族墓下，有整整两米多厚的干净黏土积层，这显然属于洪水造成的淤土。据我国地质学家研究考证，这场史前超级大洪灾可能是远古时代的一次陨石雨袭击地球引起的巨灾，其依据为在我国白洋淀流域，发现了特殊的碟形洼地群地貌。此是全新世中晚期的一次规模巨大的陨石雨撞击地球后留下的遗迹。推测当时的情景是：一颗彗星在进入地球轨道过程中分裂，然后分别从各个角度突然撞击了地球的北半球。有部分在极短的时间内，落入从晋北到冀中这一广大地区，形成规模宏大的陨石雨事件，其撞击时间最有可能是距今五千年前至四千年前之间。此外，彗星掉落在海洋里，掀起了滔天巨浪，加之其主要成分是陨冰，经高空爆炸，陨冰融化后形成大量的地表水，起到了推波助澜的作用，于是就引发了这场史前超级大洪水，导致了世界性的巨大灾难。

首先，从大洪灾发生的时间来看，《圣经》记载的大洪灾事件大致距今4300年，《尚书》记载的大洪灾事件（即“大禹治水”故事）为距今4300年左右，而彗星撞击地球时间亦发生在4000—5000年前，其发生时间非常接近。其次，从大洪灾发生的地点来看，我国“女娲采石补天”神话传说的遗迹存在于山西、河北一带（“杀黑龙以济冀州”的记载中，“冀州”就属古代的河北省一带），而这些遗迹的地理分布位置恰恰位于彗星分裂撞击区的南部和西部附近。再次，从神话传说内容来看，“共工怒触不周山”中的“撞断天柱”与彗星撞击地球特征几乎一致，而《淮南子·览冥训》中“四极废，九州裂，天不兼覆，地不周载；火爁炎而不灭，水浩洋而不息”的历史记载，亦与彗星撞击地球事件惊人相似。如“四极废，九州裂，天不兼覆，地不周载”是小型天体爆炸后形成的大规模陨石雨的冲击；“火爁炎而不灭”是巨大撞击、爆炸之后在地面上引起的火灾；“水浩洋而不息”就是彗星撞击地球后引发的大洪水。而“女娲采石补天”中的“五彩石子”是否就是陨石?《圣经》记载的“天窗大开，大雨40天40夜浇注到大地上”里的“大雨”是否就是“陨石雨”或者是融化的“陨冰”?

三、史前超级大洪灾带来的警醒和反思

史前超级大洪灾已经远离我们而去，但它曾经给地球上的人类带来毁灭性灾难的惨痛教训是非常深重的。据研究，当时全世界的人口总和约700万人，大洪灾之后，全球90%的人类和生物都因此丧生，仅有10%约70万人生存了下来，而所有的史前文明几乎毁于一旦。

关于地球史前超级大洪灾的预言有很多。在古巴比伦，曾经有过这样的预言：“当各大行星会聚在天蝎座的时候，排列成一条贯穿它们轨道的直线时，地球上的一切人类将被毁掉；而同样的聚会发生在摩羯座的时候，地球上将再次发生大洪水的灾难，前者将在盛夏，而后者将在严冬。”这些恐怖的灾难后果和神秘的预言不得不引起我们的警醒和反思。

首先，要敬畏自然。世界各国神话传说和祭神拜佛民俗的流行，普遍说明远古人类对大自然充满了敬畏。为什么会产生这种现象？我想，自远古以来，大自然似乎就有一种神秘力量存在着，并在大自然总体失衡的情况下引发地球巨灾，以警告地球上的人类，不然也就不会有史前超级大洪灾的发生了。这种神秘力量就是自然界的客观规律。也许是这场史前超级大洪灾给予远古人类的教训十分惨痛，所以对大自然的敬畏就在世界各国世代相传。这也应该成为人类牢记在心的最基本的自然观。不然，如果破

坏大自然的规则，导致其环境总体失衡，就有可能引发大自然对人类的严厉惩罚。

其次，要保护环境。在世界各地的科考中，研究人员陆续在史前的地层中发现人造金属，在沉船上发现古老而又精确的测量仪器，甚至还发现了核电池。种种迹象提示我们思考这一问题：地球上是否曾经存在史前高度发达的文明？如果存在，那么可以大胆设想，其实这场史前超级大洪灾是能够预测并预防的，但奇怪的是，大洪灾还是毫无征兆、毫无防备地发生了，并且把地球上曾有的高度发达的文明以及几乎全部人类予以毁灭，造成了远古时期文化、社会的大倒退。为什么地球会发生这样的巨大灾难？也许是史前高度发达的文明，忽视了大自然的环境保护，毫无节制地过度开发利用，破坏了大自然的总体平衡，引发了大自然严厉的惩罚性报复，导致此次史前超级大洪灾的发生。

现在，整个世界也处于高度发达的文明时期，但人类对大自然毫无节制地过度开发利用，忽视了对大自然环境的保护，已经引发了一次次重大的灾难，是否值得我们警醒和反思？所以说，加强对自然环境的保护，应该成为全球性共识，而且已经刻不容缓，难道我们还能无动于衷吗？

古巴比伦预言也许是地球向人类发出的首次呼救，现在我们仿佛听到了地球的又一次呼救：

敬畏自然，保护环境，救救地球！救救人类！

山旮旯里的古印刷术“活化石”

我们从小就知道，闻名世界的“中国古代四大发明”是指造纸术、指南针、火药、印刷术，并且此四大发明对于推动人类文明和世界科学技术的进步，发挥了巨大作用。在四大发明中，印刷术是指我国北宋时期的平民毕昇发明的活字印刷，后由原泥活字演变为木活字的古老印刷术。随着时代的变革和进步，活字印刷术这种古老的印刷技艺已经逐渐淡出历史舞台，难觅踪影。

但现在，如果你仔细寻访，那么在浙江省瑞安市西部的平阳坑镇，飞云江畔浙南道家名山圣井山中，青山环抱、绿树掩映的山旮旯里，有一个被誉为“中国木活字印刷文化村”的古老村庄——东源村，你一定会惊奇地发现，在这里，这种古老的木活字印刷术居然仍存在着，并且可以实地体验这种世界罕见的古老印刷术的精湛技艺。

且让我们先看一个特写镜头：墨韵飘香的东源木活字印刷术展示馆内，几张并排大桌正中放着电脑键盘一样的大字盘，字盘里是一行行排列整齐的木头字模，还摆放有水、墨汁、刷子和木尺等印刷工具。一位气定神闲的老先生，手持锋利的雕刻刀，沿着汉字的边缘刻进木头中。快刀似笔，木屑飞舞，刀刀精准，笔笔灵巧，转瞬间，一个方方正正的老宋体“福”字字模雕成。接着，老先生用一把短刷蘸上墨汁，在刻板上反复刷涂，看火候差不多时，又将一张红纸覆盖在上面，并用另一把鬃刷在纸上轻轻来回扫动，直到纸背微微渗透出浅黑墨印，再轻轻揭起红纸，一张清秀的“福”字印刷品就呈现在我们面前了。

东源木活字印刷术主要应用于宗谱的印制，共计刻字、检字、排版、校对、印刷、打圈、划支、填字、分谱、草订、切谱、线装等二十道工序，工艺十分严谨考究，其中最为关键的是刻字、检字、排版和印刷工序。刻字前，要先把要刻的字，用毛笔以老宋体字形方方正正地反写在平整光滑的字模上，然后用刻刀刻好笔画，最后把空白的边角全部挖去，一个反写的字就凸显在木模上了。检字要凭秘诀，面对眼花缭乱的字盘，谱师们可以依照传承的检字口诀，边从字盘中检字，边摆放在印版中。按顺序排好一版，并经仔细校对、勘误补漏后，才开始手工印刷工序。手工印刷工序分为“下刷”和“上刷”。下刷时，把墨均匀刷在印版上。下刷很有讲究，印版的干湿度，不同的纸张，各具不同的吃墨性，春夏秋冬四时，各有窍门，需要长时间的经验积累。上刷时，则在印版上覆上宣纸，然后用鬃刷在纸上来回刷动，待字体吃墨均匀后，才揭起宣纸，于是一张清秀的木活字印刷品就做好了。当然，印刷完毕后，还要进行打圈、划支、填字、分谱、草订、切谱、线装等后续工序，这样才算完成一本宗谱的全部工序。

东源木活字印刷术有三个重要的技艺特征。第一，用材考究。字模须用上好的棠梨木。由于棠梨木又韧又硬，木质细腻无华，横竖纹理差别不大，特别适合雕刻。而印纸须用上好的宣纸，这样才能确保印刷质量。第二，工艺手法精湛。一是刻字有刀法，采用平刀法和斜刀法，根据先横、次直、后撇捺手法刻出字形后再进行修刻（俗称“挑”），即把字形结构修正以整齐美观；二是检字有口诀，东源的谱师们根据历代经验，总结出“君王立殿堂，朝辅尽纯良。庶民如律礼，平大净封张……”等150字检字口诀，有平有仄，极为入韵，如同诵诗，以便于记忆和应用；三是排版有格式，如宗谱的书名页雕刻专用印版，用大红纸张刷印，右上角排修谱年代，左下角署梓辑的谱局堂号和梓辑者姓名的“版记”。第三，字模采用老宋体。由于老宋体横细竖粗，笔画对比很强，字形方正、匀称，古拙庄严，是古代官府的衙牌、灯笼、告示及祠堂里的神主牌位等习惯采用的字体，因而成为十六世纪以来汉字的主要印刷字体，亦是东源印制宗谱最适合的字体。

东源木活字印刷术源自北宋年间毕昇发明的活字印刷术，由原泥活字衍变而来，延续至今已有八百年的历史，是中国已知唯一保留下来且仍在使用的木活字印刷技艺。

据考证，木活字印刷术最早是由著名农学家王祯于元代大德年间发明的，并详细记载在《农书》一书中，因其较为简便、容易，所以在之后得以盛行。直至清末，西洋机械化印刷进入中国，木活字印刷术才逐渐退出历史舞台。1996年，在宁夏贺兰山出土的南宋时期的西夏文经书《吉祥遍至口和本续》，经专家鉴定，确认是迄今为止世界上发现最早的木活字版印刷实物。据专家学者的考证核实，浙江瑞安东源村的木活字印刷技艺，与王祯在《农书》中所记载的分毫不差。

东源木活字印刷术的传承历史最早可以追溯到元初。当时隐居在福建省安溪县长泰里的王氏先祖王法懋开始用木活字印刷进行“梓辑”，后来在明正德年间，王法懋的后裔由福建迁入浙江平阳，清乾隆元年（1736）又迁入瑞安东源，“化俗谱之修”的东源木活字印刷术就此落地生根，历代相承，因此东源人自古就有“修谱”的传统。

东源木活字印刷术的产生、兴盛和传承发展源于中国民间寻根问祖、延续宗脉的宗族文化。我们知道，宗族在旧时代实际上已成为地方基层的一种自治组织，是维系宗族内部团结和各姓氏宗族间和平共处的载体。在这样的前提下，宗谱在理顺本宗族的内部事务、厘清宗族成员的血缘关系、规范宗族的行为准则等方面，起到了重要的作用。据《周礼》记载，四千多年前的周朝，就有了“奠系世，辨昭穆”即负责记录家族谱系的史官。汉代以后，修谱之风遍及华夏。特别是在温州，以孝为本的儒家思想深深扎根在浙南民间，尤其是永嘉学派的兴起和发展，促进了人们对传统文化的眷恋和对祖先的崇拜，所以在温州，尤其在温州的辖地瑞安，历史上就有寻根问祖、延续宗脉的情结，特别重视宗谱的修订，一般每隔二十年左右，每个宗族都要续修族谱一次，从而使修族谱形成了宗族文化——一种独特的温州民俗文化现象。

这些年随着经济飞速发展，社会稳定，人们的手头越来越宽裕，这种寻根问祖、延续宗脉的愿望越来越强烈，在民间出现了一股修谱热，许多家族重修、重续家谱，认祖归宗。有需求就有市场，有市场就有经营行为。因此，在这种强烈文化需求的经济背景下，东源村木活字印刷术——“谱牒梓辑”的行当，就得以继承、流传和发展。

瑞安隶属浙江温州，其历史文化底蕴深厚，是浙江历史文化名城和“千年古县”，素有“东南小邹鲁”之美誉。根植于浙江温州腹地的瑞安东源木活字印刷术，既继承了儒家思想的中华民族大文化，又具备了独特的地域文化特征，以其明晰的历史传承、活体的真实存在及其古老技艺的精湛展示，向世界证实了中国印刷术发明和广泛应用的历史，证明了中国是世界印刷技术的发源地，是名副其实的中国古代四大发明之一的印刷术的“活化石”。这一世界级的宝贵非物质文化遗产必将在人们的不断关注和支持下，在全球绽放璀璨瑰丽的中华民族文化之光。

龙升二月天

每当到了“二月二”这个民俗节，我的脑海里，总会浮现出这样一幅充满诗意的“龙抬头”景象：浩瀚的苍穹，繁星点点，在东方的地平线上，一个叫东方苍龙的星座里，“龙角星”悄悄伸出“龙角”，慢慢仰升起来——

哦，春天到了！

人们开始以各种方式庆祝这个民俗节，非常热闹。

民谚所说的农历“二月二，龙抬头”，在北方又叫春龙节、农头节、龙头节等，在南方又叫踏青节，属中国古老二十四节气中惊蛰节气前后的民俗。由于中国民间历来认为龙是吉祥之物，是风雨的主宰，而农历“二月二，龙抬头”这天是龙欲升天的日子，意味着人们可以昂首挺胸，扬眉吐气，并且可以借这个时节，焚香祷告，祈求来年风调雨顺，五谷丰登。于是，这一天，民间过春节似的就有了剃头、祭祀、炸油糕、啃猪头、围粮囤、吃龙须面等习俗。

在我的故乡浙江瑞安，民间还广为流传着吃“芥菜饭”的习俗。“芥菜饭”是当地一道著名小吃，属于浙菜系。该菜品饭松菜嫩，香甘爽口，别有风味。芥菜饭的制作方法其实并不复杂：预先煮好白米饭，然后把洗净的嫩芥菜、猪肉、香菇按比例配好，并切细剁碎备用。在炒锅里放入猪皮（肥）肉熬出油，把备用的嫩芥菜、猪肉、香菇倒入同炒，当芥菜炒至松软变青后，再把已经煮熟的白米饭倒入锅内猛炒拌匀。最后放盐、味精、虾皮、香菜等作料，焖一两分钟，一锅香喷喷的芥菜饭就可以起锅开吃了。那股香浓的味道传来，让人垂涎三尺。据说，瑞安民间有“吃了芥菜饭不生疥疮”的说法。

“二月二”的民俗充满诗情画意。民谚“二月二，龙抬头；大仓满，小仓流”，象征着人们辞旧迎新，好运开始，而“二月二，龙抬头，万岁皇爷使金牛，娘娘来送饭，黎民天下收”的民谚则描绘了一幅普天和谐、其乐融融的美好春耕图。在诗歌方面亦多有涉及，如唐代著名诗人李商隐的《二月二日》，有“二月二日江上行，东风日暖闻吹笙。花须柳眼各无赖，紫蝶黄蜂俱有情”的句子，宋代诗人释行海的《丙辰二月二日喜晴》，有“十分花气醉春情，拂晓先闻百舌声。白玉摇鞭芳草暖，踏青时节雨初晴”之句。

那么，“二月二”时，为什么会有“龙抬头”的说法，并且意味着春季的开始，进而成为一个重要的民俗节日呢？

其实，“二月二，龙抬头”这个民俗是有科学依据的。

我国古代天文学把周天黄道确定为二十八宿（即28个星座），并以此二十八宿在天空的位置来判断季节的变化。“宿”表示居住，因为它们环列在日、月、五星的四方，很像日、月、五星栖宿的场所，所以称作“宿”。“二十八宿”按照东西南北四个方向划分为四大组，产生“四象”：东方苍龙、西方白虎、南方朱雀、北方玄武。在东方的七个宿分别叫作：角、亢、氐、房、心、尾、箕，七宿组成一个完整的龙形星象，人们称之为“东方苍龙”，其中角宿代表龙角，亢宿代表龙的咽喉，氐宿代表龙爪，房、心二宿代表龙的躯体、心脏，尾宿和箕宿代表龙尾。

在冬季，这苍龙七宿都隐没在北方地平线下。仲春（惊蛰至春分间），角宿（角宿一星和角宿二星，即“东方苍龙”头部的两颗星，代表“龙”头上的两只犄角）就从东方地平线上仰升起来，这时整个“苍龙”的身子还隐没在地平线以下，只是角宿初露，故称“龙抬头”。约一个钟头后，亢宿，即龙的咽喉，升至地平线以上，接近子夜时分，氐宿即龙爪也出现了。这就是“龙抬头”的过程。

“龙抬头”，标志着春季开始。这个时节，迎春花开，天气开始转暖，雨水渐渐增多，而被人们视为“小龙”的蛇虫之类动物亦结束了冬眠，开始了活动，可谓春回大地，万物复苏。词典《尔雅》中有云：“数起角亢，列宿之长。故角之见于东方也，物换春回，鸟兽生角，草木甲坼。”它的意思是在万物复苏的春天，“东方苍龙”的角宿每到傍晚将从东方升起。

在民间，有个为玉龙“炒玉米”的传说。在古代，有一条玉龙，为解人间干旱之苦，不惜冒犯天条而降雨，结果得罪玉帝被囚。玉帝立下天规，只有金豆开花才会释放玉龙。人们非常感激玉龙的仁慈恩德，于是在每年农历的“二月二”，就聚集在一起炒玉米。据说炒熟爆开的玉米样子很像金豆开花，管玉龙的太白金星看错了，就释放了玉龙。虽然这只是一个传说，但是从中可以看出，对于龙的仁慈恩德，人们是非常崇敬感恩的。

所以，也有人说，“二月二”这个民俗，是人们为纪念仁慈恩德的玉龙而设立的纪念日。

龙，其本源于上古星宿崇拜，是我国传统二十八宿天学体系中由角、亢、氐、房、心、尾、箕七宿所构成的形象，而“见龙在田”所描述的则是龙星伏没之后，位于龙角的角宿从东方地平线上重新升起的天象。《易经·乾卦》爻辞中所言的“龙”，实质是对苍龙群星一年四季运行情况的阐发。“初九，潜龙勿用”是说冬天的龙星，潜入北方地平线下看不见，所以无用；“九二，见龙在田”是说仲春的龙星从东方地平线上升了起来，崭露头角，龙德显扬。仲春龙星出现于地表之上，在卦象中属吉兆，乃生发之象。在农耕文化中标示着阳气自地底而出，阳气生发，雨水增多，万物生机盎然。在人们的信仰中，“龙”是吉祥之物，司掌行云布雨，是风雨的主宰。自古以来人们亦将仲春龙星出现于地表之上的日子作为祈求风调雨顺、驱邪禳灾、纳祥转运的吉日，希望龙神驱邪，百毒不侵；龙神赐福，人畜平安；龙神发力，生机勃勃；龙神行云，风调雨顺。

龙，亦是中国古代神话传说中的神异动物，为鳞虫之长。罗贯中在《三国演义》里，把龙描绘为“角似鹿、头似牛、眼似虾、嘴似驴、腹似蛇、鳞似鱼、足似凤、须似人、耳似象”这“九似”的形象，还说龙有“能大能小，能升能隐；大则兴云吐雾，小则隐介藏形；升则飞腾于宇宙之间，隐则潜伏于波涛之内。方今春深，龙乘时变”的特征。这些形象和特征常用来象征祥瑞，龙也成为中华民族崇拜的图腾，由此渐渐演变并形成了中国特有的、最重要、最经典的传统文化元素——龙文化，并且一直影响着我们民族的生存和发展。

龙文化深深地渗透进我们的血液细胞、思想灵魂和行为准则，无时不在，无处不在。如关于龙的成语有“飞龙在天”“龙飞凤舞”“龙腾虎跃”“乘龙快婿”等，皇帝的龙袍、龙椅、龙床等，国宝瓷器中元青花龙纹图及古玉器中的C形玉龙等，绘画及老银币中的龙图案等，古老建筑物上的双龙顶、端午节的赛龙舟、元宵节的舞龙灯等，无不体现着中国龙文化元素。此外，关于龙的诗歌、传说、戏曲等作品亦很多，比如我们耳熟能详的《离骚》《搜神记》《柳毅传书》。这一切几乎渗透了我们生活的全部，以及社会的方方面面，使龙文化成为我们中华民族的一种符号、一种情结、一种血肉相连的情感，在历史绵延中不断传承和发展，进而受到全世界人民的承认和尊重，国人被誉为“龙的传人”，国家被称为“龙的国度”。

从龙文化中，我们还可以发掘出诸多深层内涵：一是龙文化的六大普世观，如天人合一的境界观、博爱互助的仁心观、传统革新的通变观、阴阳调和的发展观、宽严相济的公正观、兼容并蓄的包容观等；二是龙文化的六大和谐处世理念，如天人关系的和谐、人际关系的和谐、传统变革关系的和谐、阴阳矛盾关系的和谐、宽严处事关系的和谐、多元文化关系的和谐等六大主体关系的处世理念；三是龙文化的广博可贵精神，如自信自强精神、顽强拼搏精神、包容团结精神、奋进创新精神、惩恶扬善精神，等等。这一切既贴近古人的思想也符合我们当今时代的步伐，既适宜个人立身处世，也顺应国家治理发展，可谓“修身、齐家、治国、平天下”的儒家思想精华之所在。

我想，如果把农历“二月二”民俗节定为一个国家级的文化节的话，也许能更好地体现中华民族的龙文化，可以说，这是龙文化的最佳纪念和传承方式，既顺应天时，又有科学依据和广泛坚实的民间传统基础，而且无论是对国家，还是对个人来说，都是一个好兆头——因为“二月二，龙抬头”是春的开始，意味着新的开端、新的进取、新的生机和新的希望。

每逢“二月二”民俗节，我的脑海中，总会自然而然地浮现出充满诗意的“龙抬头”景象，让我遐思联翩，充满向往。

趣说“入洞房”

“洞房”一词，有两方面含义：一是指幽深的内室，多指卧室、闺房；二是特指新婚夫妇的卧室。古人所说的“入洞房”，一般是指新人完婚后，两人进新房的仪式。

古人关于“入洞房”就是结婚的说法由来已久，而且传说很多。

流传最为广泛的是“尧王与鹿仙女洞房完婚”。相传远古时期，称王的陶唐氏尧，非常关心人民的生活。有一天，他亲临民间访问时，忽然飘来一股幽香，只见远处有一位漂亮的女子手执火种飘然而来。尧王惊呆了，一问才知此女就叫鹿仙女，居住在晋南的仙洞沟。尧王从此就对鹿仙女整日念念不忘，魂牵梦萦。为得到她，尧王决计下山寻觅鹿仙女。尧王带领一行人到了仙洞沟，忽见一只俏丽的梅花鹿悠然从姑射仙洞走来。尧王知是仙女，便迎上前去询问。这时，一条大蟒突然窜出，直逼尧王。正在尧王措手不及之际，鹿仙女已近跟前，用手一指，大蟒顿时颤抖不已，仓皇而逃。尧王身材高大魁梧，相貌堂堂，鹿仙女则窈窕婀娜，美丽动人，两人一见钟情。于是，一段美好的神话佳缘从此结成。他们在姑射仙洞完婚，一时祥云缭绕，百鸟和鸣。到了傍晚，结鸾之时，一簇神火突燃于洞顶，耀眼夺目，光彩照人。从此，世间也就有了把婚房称作洞房，把新婚之夜称作洞房花烛夜的说法了。

流传最为经典的是“萧史与弄玉公主凿洞成婚”。据说，西岳华山是一座爱情山，因为“洞房”一词就源于华山西峰。由于华山山势峻峭，壁立千仞，群峰竞秀，以险峻称雄于世，自古以来就有“华山天下险”“奇险天下第一山”的说法。所以，一般人难于攀登，只能望而却步。但早期一些隐居修行的人竟以此为绝好的去处，即使难以找到筑观盖庙的材料，隐士们也能凿石洞而居，修行悟道。相传，在华山修行的吹箫人萧史和秦穆公的女儿弄玉在双双驾鹤成仙之前，曾到西峰莲花洞点烛成婚，为姻缘而起的“天下第一洞房”便由此而来，西峰莲花洞就成了纯真爱情的见证。至今每年有数十万对夫妻结伴登山，到“天下第一洞房”进香上锁，演绎纯真爱情，携手甜蜜人生。

流传最为简单的是“木棍击女入洞房”。相传，在原始社会，男人和女人每隔一段时间就相聚在一起。如果一个男人看中了某个女人，就会用木棍把她打昏（“打昏”就是“击昏”，而“击昏”与“结婚”谐音，“结婚”一词可能由此而来），然后背到他住的石洞里，这就是最早的“入洞房”。

当然，古人以“洞房”为结婚而作的名诗佳句也很多。西晋文学家陆机在《君子有所思行》中咏道：“甲等高闼，洞房结阿阁。”唐代著名诗人杜甫在《洞房》一诗中说：“洞房环佩冷，玉殿起秋风。”北周庾信有《和咏舞》一诗，其中曰：“洞房花烛明，燕余双舞轻。”宋代洪迈在《容斋随笔》里更有家喻户晓的“洞房花烛夜，金榜题名时”之著名佳句。可见，古人对男女结婚之事是当作人生大事来看待的，尤为重视，并且与“金榜题名”这一极重要的事业成就并列。

实际上，“洞房”就是结婚之说是有历史背景的。在原始社会，人们居住在一个半洞半房子的地方。当成年男人和女人要结婚时，做父母的就会想办法安排新婚夫妇住进一个山洞，以使他俩今后的生活更加幸福美满。还有一种说法是，原始社会抢亲现象严重，经常为抢婚发生打架斗殴事件。为此，人们想出“入洞房”的主意，让男女双方在洞中生活以增进感情。还约定入了洞房的男女已正式婚配，再不得乱抢了。久而久之，“入洞房”就成了结婚的重要环节，“洞房”也用来指代结婚了。

漫说立秋

今年8月7日，是我国传统的立秋节气。此时，北斗星斗柄指向西南，太阳到达黄经135°。

立秋，是二十四节气中第十三个节气，从这一天开始，在自然界，万物开始从繁茂成长趋向成熟收获，成为秋季的起点。

立秋节，也称七月节。古人十分重视这一天，立秋日会举行各种活动。周代天子会亲率三公六卿诸侯大夫，到西郊迎秋，并举行祭祀少昊、蓐收的仪式（《礼祀·月令》）。汉代仍承此俗。《后汉书·祭祀志》记载："立秋之日，迎秋于西郊，祭白帝蓐收，车旗服饰皆白，歌《西皓》、八佾舞《育命》之舞。"并有天子入圃射牲，以荐宗庙之礼。杀兽以祭，表示秋来扬武之意。到了唐代，每逢立秋日，也祭祀五帝。《新唐书·礼乐志》记载："立秋立冬祀五帝于四郊。"宋代，立秋之日，男女都戴树叶，以应时序。有以石楠红叶剪刻花瓣簪插鬓边的风俗，也有以秋水吞食小赤豆七粒的风俗（《临安岁时记》）。明承宋俗。清代在立秋这天，悬秤称人，和立夏日所称之数相比，以验夏中之肥瘦。民国以后，在广大农村，在立秋这天的白天或夜晚，有预卜天气凉热之俗，还有以西瓜、四季豆尝新、奠祖等传统风俗。

立秋对农事影响相当大，这一点在农谚上就可以反映出来。一方面，是立秋时节对农事的影响。如农谚说"立秋有雨样样收，立秋无雨人人忧"，因为"立秋无雨是空秋，万物历来一半收"，说明了雨水对立秋农事的影响。另一方面，立秋还是一个收获的标志，“秋不凉，籽不黄”“立秋十天遍地黄”等农谚，表明一个金色的秋天就要到来了。于是在这时节，人们盘算最多的就是农事，如农谚“立夏栽茄子，立秋吃茄子”“立秋荞麦白露花，寒露荞麦收到家”“立秋摘花椒，白露打胡桃”，等等。

由于立秋是我国二十四节气中一个重要的节气，因此人们会举行各种丰富多彩、非常有趣的活动。在民间，有祭祀土地神、庆祝丰收的习俗。在湖南、江西、安徽等山区，村民往往利用房前屋后及自家窗台、屋顶晾晒农作物，这种特殊生活方式和场景，逐步成了画家、摄影家创作的热点素材，并塑造出充满诗意的“晒秋”。此外，还有“啃秋”（又称咬秋）习俗，如在天津，讲究在立秋这天吃西瓜或香瓜。在浙江等地，立秋日要取西瓜和烧酒同食，因为民间认为可以防疟疾。而著名有趣的“贴秋膘”，则指在立秋这天，民间流行以悬秤称人，将体重与立夏时对比。因为人到夏天，饮食清淡简单，体重一般要减少一点，而从立秋开始，须增加一点营养，以补偿夏天的损失，这个“补偿”的办法，就称作贴秋膘（如吃炖肉烤肉红烧肉等，“以肉贴膘”）。

值得一提的是，还有一个颇具乐趣的田野娱乐活动。立秋时，在苞谷、谷子、糜子生长起来以后，特别是苞谷长成一人高刚结穗的时候，常见一些孩子在田间玩耍。他们会在地下挖一孔土窑，留上烟囱，使之成为一个天然的土灶，然后把嫩苞谷穗放进去，到处拾柴火，生火去烧。只一会儿，一窑苞谷穗全被烧熟了，于是丰盛的苞谷宴就在田间举行。尽管立秋农事较忙，但是这种乐趣一代一代地传承下来，成为孩子们立秋时的一种充满野趣的娱乐方式。

关于立秋，有许多著名的古诗。如唐代著名诗人刘言史的《立秋》：

“兹晨戒流火，商飙早已惊。云天收夏色，木叶动秋声。”宋代著名诗人范成大的《立秋》：“三伏熏蒸四大愁，暑中方信此生浮。岁华过半休惆怅，且对西风贺立秋。”这些著名诗句表现了一种深邃美丽、妙不可言的立秋意境。

当然，在立秋时节，还要注意饮食养生。要多吃黄绿色蔬果，即橙黄色水果和绿叶菜，如南瓜、胡萝卜、菠菜、绿菜花等，因为这些食物不仅可以补充维生素，保护视力，而且可以缓解呼吸道感染。另外，还要常吃一些薯类食品，如山药、甘薯、芋头等，因为这类食物可以为人体补充维生素和矿物质，对于保护肠胃和减肥瘦身也很有好处。

立秋，的确是一个美好的时节，值得我们好好欣赏和享受。

龙与雷电的神奇关系

中国人之所以被称为龙的传人，其实源于太昊伏羲氏创建的龙文化。《三皇本纪》把伏羲氏称为龙师："伏羲有龙瑞，以龙纪官，号曰龙师。"然后有了"龙马负图瑞出于河"的祥瑞之兆，可见伏羲氏是创建中华龙图腾的祖先。

龙与宇宙之中的雷电有着神奇的关系。

首先，从文字来看，周代"古钵"铭文的"龙"字左边象声，已经有了一个"音"字的夸张，意蕴"隆隆"的雷鸣之音，而右边象形，那弯弯曲曲的字形，实为闪电之图像，左右合之为"龙"，且"隆"与"龙"同音，音、象的完美融合，正确而神奇地诠释了龙的基本特征。

其次，从自然来看，古人认为万物生长与雷电有着密切联系，以为是雷电送来了雨水，主宰万物生长。在太昊伏羲氏时代，先民们发现，每逢雨水降临时，乌云汹涌，当雷鸣电闪之时，那耀眼的闪光一伸一曲，极像他们新创建的龙图腾，而紧紧相伴随的，是"隆隆"的雷声，其场面壮观雄浑、深沉悠远，给人一种雄壮、崇高和神秘的感觉。

龙之形象，与雷电音、象极为相似。象征着中华民族的龙图腾，蕴含着博大精深的龙文化：一个体形能大能小、能上能下、能明能暗、能起能卧、擅爬会游、弯转曲折、快速行进、善于变化、能量巨大、恩威并举、天上可飞、水中可藏的龙，集日月之精华，汇天地之灵气，具百兽之形，兼容并蓄，吐纳百川，恢宏而深刻地体现了中华民族自信自强、顽强拼搏、包容团结、奋进创新、惩恶扬善的精神。

所以，龙是中华民族的精神符号和文化标志，是吉祥佳瑞的象征。龙图腾显示了中华民族无与伦比的凝聚力，有着巨大的感召力和吸引力。太昊伏羲氏创建的龙文化，是维系中华民族的精神纽带，也是民族传统、民族感情、民族精神的集中体现和寄托。

启迪与感悟

——功成善终的汉代名臣张良的人生大智慧

在历朝历代，开国功臣名将往往逃脱不了“飞鸟尽，良弓藏；狡兔死，走狗烹”的悲凄命运和历史性魔咒。在汉代，曾为汉高祖立下显赫功勋的“汉初三杰”中，韩信被斩，萧何被囚，唯有张良不仅功成名就，还能善始善终，实现了完美的人生。我们在惊叹之余，不免沉思：功成善终的汉代名臣张良有什么样的人生大智慧值得我们借鉴呢?

汉基创业初期：与刘邦结为人生知己，奠定君臣感情基础

张良，字子房，战国时韩国人。他的祖父和父亲共任韩王的五代丞相，因此在张良心中，一直对韩王感恩戴德，怀有誓死报效之情。但秦国灭掉了韩国，张良的祖父、父亲亦相继去世。为给韩王复国报仇，张良曾在半路设伏刺杀秦始皇。刺杀失败后，张良仓皇逃命，后来奇遇黄石公，得到了充满奇谋妙略的《太公兵法》。

公元前209年7月，陈胜、吴广率众在大泽乡起义。张良趁机拉起了有百余名少年的队伍，加入了反秦起义的行列，在下邳一带开展反秦活动。后来，张良觉得自己兵力单薄，决定暂且投奔正在留县招兵买马、实力雄厚的景驹。在途中，张良巧遇了改变他一生命运的关键人物——后来的汉高祖刘邦。刘邦是沛县人，当时为响应陈胜、吴广起义，他也率众杀

死县令，自称沛公，起兵反秦。由于他的部将雍齿背叛他，据守丰邑和他作对，刘邦就率兵攻打，但屡屡不能取胜，很是苦恼，正打算去景驹那里搬取救兵，不想却与张良相遇。

张良与刘邦初次见面，可谓惺惺相惜，一见如故，相见恨晚。张良曾听说刘邦的不少传奇故事，对他充满崇拜；而刘邦呢，素闻张良智谋之名，亦心生敬仰。张良以《太公兵法》中的策略去试探刘邦。经过多次交谈和行动，刘邦常常为张良的奇谋妙略所叹服，张良也觉得刘邦竟然一触即通，不但能完全领会他的意思，而且在应用上也能做到恰到好处。张良不禁感叹道："沛公真是天生英才啊！"

这时候，张良有了想法，认为要推翻秦朝这么一个强大的王朝，要报仇复国，光凭自己百把人的队伍是势单力薄，成不了气候的，而刘邦英明，只有跟随他这位明主创大业，才有可能功成名就，实现自己人生的最大抱负。刘邦呢，此时也觉得张良是辅佐自己开创大业的英才，加之意气相投，相得益彰，所以两人商量后，决定将兵马合于一处。张良推举刘邦，把自己的兵马统一归刘邦指挥。张良的推举，使刘邦更认为张良确实是自己重要的事业伙伴和人生知己，因为当时自己力量也不够强大，但张良能够主动交出队伍，对自己充满信赖、忠心耿耿，的确难能可贵，于是就高兴地封张良为厩将（统领骑兵的将领）。从此，张良的命运就紧紧地与刘邦联系在了一起。

大展宏图时期：运筹帷幄均从刘邦汉业利益出发，深得其赏识

刘邦曾这样评价张良"夫运筹帷幄之中，决胜千里之外，吾不如子房"，从中我们可以看出，张良是一个胸藏韬略、腹有奇谋、眼光高远、

长于决断的人，但他的每一次“运筹帷幄”，总是从刘邦的核心利益出发，因而深得其赏识。

公元前207年10月，刘邦率军进入咸阳后，曾被秦宫里华美的陈设、漂亮的宫女，以及数不尽的金银珠宝所迷惑。市井出身的他很想住下来霸占一切，让自己快活一番。张良觉得刘邦这种不思进取、暴淫无度的想法会毁掉统一天下的大业和自己的人生抱负，于是就从刘邦要统一天下这个核心利益出发，劝说他目前要先赢取民心：“正因为秦王朝暴虐无道，天下才反叛它，所以您今天才能进入咸阳，来到这里。我听说，大凡为天下铲除暴政、替天行道的人，都应当以朴素为本。如今您刚刚进入咸阳，就想贪图安逸，沉溺于声色犬马，这就和人们通常所谓的‘助桀为虐’没有什么区别。”

张良的话虽然刺耳，但能直戳刘邦核心利益的痛点，以刘邦的精明，当然能够领悟此言的要理：天下大势未定，就算拥有再多的珍宝，也只会为自身引来祸患，只有先赢取民心，才有可能赢得天下。明白了这个道理，刘邦立即平息了内心的欲念，下令封存秦宫诸多宝物，以及实施安抚民众等诸多举措，随后还军霸上。

刘邦回到霸上后，着手实施张良提出的“赢取民心”谋略。他召集关中父老集会，公开宣布：“根据怀王与诸将的约定，‘先入定关中者王之’，我将成为关中王。现在我与诸位约定三条——杀人者死，伤人及盗抵罪，废除秦的严刑苛法。”这就是历史上有名的“约法三章”。刘邦此举赢得了关中地区的民心，这为他后来从汉中回师关中，平定三秦，打下了坚实的政治基础和群众基础，同时刘邦对张良的谋略也非常赏识，从此几乎对张良言听计从。

忧心危难之际：挺身而出为刘邦排忧解难，进一步赢得器重

刘邦进驻咸阳后，听信他人教言，派兵把守函谷关，不让项羽入关进入咸阳。项羽火冒三丈，一举发兵攻占了函谷关，于是原来在战略上互相配合的两军变成了剑拔弩张的敌对力量。项羽积极备战，第二天准备再次攻打刘邦，大有消灭刘邦军队之势。为此，刘邦忧心忡忡。这时，在众多将领谋臣一筹莫展之际，张良觉得此时正是刘邦最需要自己的时候，于是挺身而出，认为刘邦还没有足够的军事实力来应对项羽，目前只能采取缓兵之计，默默积蓄力量后再与之决战。为此，张良劝说刘邦先向项羽说明情况并赔礼道歉，以解燃眉之急。刘邦自然心领神会，愁眉舒展。

在项伯的周旋帮助下，刘邦带着包括张良在内的一百多名随从，前往鸿门拜见项羽。见到项羽后，刘邦赶紧上前说明情况并赔罪。项羽接受刘邦的赔礼道歉后，下令摆酒设宴。席间，亚父范增屡次给项羽递眼色，并三次举起玉玦，要项羽杀掉刘邦。但项羽不为所动。他只好叫来项庄，要他在宴会上舞剑助兴，乘隙一举结果刘邦。项伯见状，也赶紧拔剑伴舞，刻意保护刘邦，但有几次，项庄险些得手。这可把张良急坏了，立即灵机一动，起身步出营帐，找到樊哙，嘱咐他进去保护沛公。樊哙的到来，一下子镇住了项羽。这时，刘邦便起身借口要上厕所，并顺便把樊哙叫了出来。刘邦本想向项羽告辞后再走，但张良和樊哙劝说刘邦做大事就不应拘泥小节，此刻再不脱身，到时候想走就没那么容易了。张良自告奋勇留下来应付一切，让刘邦先行撤离险境。至此，刘邦的忧难之事全部在张良的谋略下转危为安。俗话说“危难之际见真情”，在刘邦身陷困境之际，张良能够挺身而出，力挽狂澜，无疑进一步赢得了刘邦的器重，成为刘邦有所倚重的股肱之臣。

功成名就之时：淡泊名利而不惜退居幕后，完全赢得刘邦的信赖

刘邦统一天下论功封赏时，对张良说，你想要齐国三万户的哪一片土地都行，随你挑吧！在封赏中，三万户确实颇为丰厚，但与众多追名逐利的功臣名将不同，张良竟然坚决辞让，他的回答出人意料：“当初在留县与陛下相遇，这是上天安排臣为陛下服务的。如果陛下觉得用臣的计谋解决了一些问题的话，那么给臣封个留侯就足够了。”张良终为留侯，并且此后干脆以体弱多病为由向刘邦告假，表示“愿弃人间事，欲从赤松子游”，倾心于修炼“辟谷”“轻身”等修道成仙之术。最后，他还远离京城，过起了漂泊隐居的日子。

张良之所以坚辞刘邦的大赏，急流勇退，退居幕后，有两个原因。其一，张良当初推翻暴秦、为韩报仇的政治目的既然已经达到，且“封万户、位列侯”的个人奋斗目标也都实现了，平生的夙愿基本满足了，应该“知足常乐”。其二，张良深深懂得“伴君如伴虎”的道理，而韩信被杀、萧何下狱等“飞鸟尽，良弓藏；狡兔死，走狗烹”的政治惨剧他也亲眼所见，更促使他为避免祸患，必须远离政治漩涡，从此淡泊名利，不问政事，寄情山水。

当然，张良选择刘邦创业之初的穷地方留县，作为自己的留居之地，也有自己政治上的深刻考虑。其一，留县（今江苏省徐州市沛县东南）是一个小地方，处苏、皖、鲁、豫四省交界，在汉初地薄人稀、资源贫乏，住户满打满算不足一万，不具备积蓄武装力量的条件，而且战略上也不是兵家必争之地，故对刘邦没有任何威胁，可以彻底消除皇帝的疑心。其二，选择在留县养老，一方面可以提醒刘邦及他的继任者“吃水勿忘挖井人”，

另一方面也可作为自己的一个念想。

张良在功成名就之际的急流勇退，彻底解除了刘邦的无端猜疑，最终赢得了深深的信赖，以至于后来遇刘家疑难关键之时，张良都真诚相助。

张良的人生非常完美，可谓功德圆满。他的人生大智慧就是“洞世悉心”——智商与情商完美统一的人生策略。“洞世”是指对世事的审时度势，明察秋毫，该出手时就果断出手；“悉心”是指凡事都从“心”之角度出发，理解、掌握并能融合“己心”“他心”之心理状态，全力为之解决忧虑和难题。简单地说，“洞世”就是“智商”，“悉心”就是“情商”。换句话说，一个人取得成功的必要条件和关键，就是智商与情商的完美统一，且两者缺一不可。张良遇到刘邦后，觉得跟着这位明主创业一定能成大事，于是立即抓住这个机遇，并与之成为意气相投的知己，极力推举刘邦，从而奠定了君臣的感情基础；在刘邦进入函谷关欲贪图安逸享受，沉溺于声色犬马而不思进取时，张良认为此举可能会毁坏刘邦大业和自己的人生抱负，于是又从刘邦的核心利益出发，分析暴秦灭亡原因，劝其“赢取民心”，深得刘邦赏识；当刘邦遇到项羽强大攻击，甚至身陷鸿门宴危境时，他觉得此时正是刘邦最急需的时候，于是毫不犹豫地挺身而出，出计谋倾力相助，甚至自担风险，全力为之排忧解难，从而进一步获得刘邦的器重；张良功成名就后，在刘邦大赏时，他觉得自己的人生抱负已经实现了，而且看清了政治的险恶，于是为解除刘邦的猜疑，就坚辞大赏，从容地全身而退，完全赢得了刘邦的信赖。

张良的人生大智慧，对我们有着现实的借鉴意义。“投我以木桃，报之以琼瑶”，我们千万莫重视了智商而忽视了情商。如在工作、生活中发现英才，即使他目前力量不够强大，我们也应该像张良一样，采取“洞世悉心”——智商与情商完美统一的人生策略，审时度势，果断出手，用心去对待他，帮助他，而在他人生辉煌之时，甚至也可以急流勇退，这样，不仅令他感动，也让他对你更加敬重，并定将感恩回报，反助你同样成功。反之，如果自恃“小聪明”，去讨好强者而冷漠待他，甚至以小人心态落井下石，日后他人得意之时，就是你失意或者面临灭顶之灾的时候。

“洞世悉心”——智商与情商完美统一的人生策略告诉我们：成全别人的同时，其实也在成就自己。

米芾“癫狂”人生的真相

米芾（1051—1107），北宋著名书画家、鉴定家、收藏家，初名黻，后改芾，字元章，湖北襄阳人，与蔡襄、苏轼、黄庭坚合称“宋四家”。曾任校书郎、书画博士、礼部员外郎。

尽管米芾是北宋的大家，但他在日常生活中却举止癫狂，个性怪异，当时人称“米癫”。但是，一个真实的米芾，他的“癫狂”人生真相又是如何呢?

米芾最大的人生“得意”——在书画艺术上的巨大成就

米芾的书画自成一家，甚至在书法体势骏迈方面，成为“宋四家”之首。他能诗文，精鉴别，擅书画，是北宋著名的书画家,《研山铭》和《蜀素帖》就是其著名的代表作，对后世影响巨大。

在书法艺术方面，米芾颇有造诣。他擅篆、隶、楷、行、草等书体，尤工行、草，长于临摹古人书法，达到乱真程度。其艺术特色尤为独特精妙：一是采用“集古字”和“体势”的特殊笔法，如“门”字右角的圆转、竖钩的陡起以及蟹爪钩等，都集自颜之行书。其体势侧倾，欲左先右，欲扬先抑，都是为了增加跌宕跳跃的风姿、骏快飞扬的神气，以几十年集古字的浑厚功底做前提，故而出于天真自然，绝不矫揉造作。二是对书法的布局、结构、章法有着独到的体会，要求“稳不俗、险不怪、老不枯、润不肥”，在变化中达到统一，把裹与藏、肥与瘦、疏与密、简与繁等对立因素融合起来，“骨筋、皮肉、脂泽、风神俱全，犹如一佳士也”。重视整体气韵，兼顾细节，成竹在胸，书写过程中随遇而变，独出机巧。三是其用笔善于在正侧、偃仰、向背、转折、顿挫中形成飘逸超迈的气势、沉着痛快的风格。

在绘画艺术方面，米芾在山水画上成就最大，其主要师法董源，但又别出新意，多以水墨点染，重意趣不求工细，世称“米氏云山”。他欣赏的是江南水乡瞬息万变的“烟云雾景”，天真平淡、不装巧趣的风貌，在艺术风格里追求的是自然，所以他所创造的“米氏云山”都是信笔作来，烟云掩映。他讲究“不取工细，意似便已”，而所用的“点”，实际上是“以点代皴”的写意画法，几乎成为造型的全部，“用圆深凝重的横点错落排布，连点成线，以点代皴，积点成片，泼、破、积、渍、干、湿并用，辅以渲染表现山林、树木的形象和云烟的神态”。可惜的是，如今米芾画作已不存于世，米芾仅在其自著的《画史》里记录了他收藏、品鉴古画以及自己对绘画的偏好、审美情趣、创作心得等。

举止癫狂、个性怪异——“疯子”米芾的心理嬗变

米芾被时人称为米癫，此称呼其实来源于宋徽宗。据说，在他担任书画博士时，一次，宋徽宗让米芾以两韵诗草书御屏，其目的是想见识一下米芾的书法，而米芾其实也已经看中了宋徽宗的砚台，想据为己有，因为他本身就有收藏的爱好，甚至为此可以不顾大雅和危险。米芾笔走龙蛇，从上而下，其直如线，宋徽宗看后觉得果然名不虚传，大加赞赏。米芾看到皇上高兴，随即将皇上心爱的砚台装入怀中，墨汁四处飞溅，并告诉皇帝：此砚臣已用过，皇上不能再用，请您就赐予我吧！宋徽宗看他如此喜

爱此砚，又爱惜其书法，不觉大笑，将砚赐之。米芾舞蹈以谢，抱砚而出，余墨沾染袖袍。宋徽宗道：“癫名不虚得也。”

从表面来看，米芾“癫狂”式特立独行的异端行为，似乎是一种玩世不恭的人生态度，实际上，此源于其对书画艺术的沉迷、对收藏的癖好及其背后仕途上失意引发的心理嬗变，是内心苦闷的一种释放。米芾以书画名世，同时又癖好收藏，对书画和收藏的执着、痴迷和较真的劲头，达到了狂热的地步。如对王羲之和王献之作品之临摹，就非常神妙，其子曾云：“先臣芾所藏晋唐真迹，无日不展于几上，手不释笔临学之。夜必收于小箧，置枕边乃眠。”他对收藏的痴迷，从上述夺砚的趣事中可见一斑。另外，米芾出身官宦世家，自然养成高贵个性，但在文人治国、强调进士“出身”的社会环境中又活得非常郁闷、无奈，加上他沉迷于书画艺术和收藏，不擅长官场逢迎，有失官方体面，被人弹劾而罢了官。于是他在政治上越不得志，也就越专注于书画艺术和收藏。对书画艺术和收藏的沉迷与官场失意的互为激发，并恶性循环，故导致米芾的心理发生了嬗变，即所谓的癫狂，甚至做出自残行为。

米芾看透了一切——以豁达、乐观的心态冲淡了其人生的“苦”

米芾的一生，总体生活相对安定。仕途上的失意使他看透了一切，因此他彻底转变了心态，更加专注于书画艺术和收藏，并从中找到了生活乐趣，最终相对冲淡了其人生的郁闷无奈之“苦”。他曾经写了这样一首诗：“棐几延毛子，明窗馆墨卿。功名皆一戏，未觉负平生。”从中我们可以看到，他对于人生的透悟、豁达的心态以及快乐的情趣。据说，有一次，一个书画商人拿着一幅唐人的真迹来到了米芾的家，有意卖给米芾。米芾觉得价钱有点高，就说：“你先放这里，五天后你再来。我若要，你把钱拿走，我若不要，你把画拿走。”第七天，商人又来到米芾家。其实米芾早已经把此画临摹好了，现在就放在商人面前。米芾说：“画我看了，不错，就是价钱太高，你又不让价，就请你把画拿走吧。但是画你要看好，是不是这张画。”商人看了后认为没错，就把此画拿走了。第二天，商人又拿着画来了。一见面，米芾就笑着说：“我知道你准来，有朋友请我，我都没去，在这儿等你。”商人心里马上明白了，说：“是我眼拙，把您的临本拿走了，特来奉还。”米芾大笑道：“你不来找我，我也一定会去找你，你拿走了临本，我心里特别高兴，有一种说不出的愉快。”商人取走原本真迹，将临本还给米芾。

米芾一辈子仅在书画方面活得“得意”，但对书画艺术和收藏的沉迷，使他的心理发生彻底转变，最终以豁达、乐观的心态冲淡了人生的郁闷无奈之“苦”。

第八辑

创作漫笔

从“心”观察生活和创作

——《意林》创作访谈之《寒梅》篇

《意林》：经常在报纸杂志上看到你发表的文章。请问你如何选择写作素材？

林旭华：首先，要做观察体验生活的有“心”人。生活是创作源泉，是精品杰作的立根之本，在生活中多观察多体验，是积累丰富写作素材的绝佳途径。所以无论对人、事、景、物，不仅要观察体验整体面貌，还要观察体验局部细节，不仅观察体验其“静”态，还要观察体验其“动”态，不仅用眼观，用耳听，还要用“心”去体验，总之要调动全身心的感官去观察体验，做到物我一体。我在创作《寒梅》时就曾对寒梅专门详细观察体验了三天，掌握了第一手丰富的写作素材。其次，有了丰富的写作素材，还要从“精”从“严”选材择料，要从最能表现作品深刻立意、最能正确反映事物本质特征、最能引人心灵感动共鸣的角度去精心选材，严格筛料，力求浑然天成，动心感人。

《意林》：为什么说“寒梅，让我的心灵经历了一场绝美的人生洗礼”？

林旭华：文学是人学，但从深层次说，文学更是心灵学，是外在客观世界与作者心灵碰撞出的文字作品。之所以说“寒梅，让我的心灵经历了一场绝美的人生洗礼”，是因为寒梅形象触碰了我内心最柔软的地方，引发了我对人格化寒梅形象的深深感动，对生命方方面面的感想，对人生种种深刻的感悟，仿佛让我的心灵涅槃重生。比如，寒梅在严冬里傲然绽放的激情风采，蓬勃旺盛的生命力，令我心灵产生深深的震撼和敬意，尤其梅花凋零时，化作尘埃也依然能以另一种形态绽放生命精彩的坦然与达观，更引发了我对生命意义的思考：寒梅落红默默奉献的精神令我赞叹的同时，还给我以人生启迪；寒梅落红时洒脱从容、宁静自信、恬淡安详的形象，更使我深受感动，提升人生境界。

注：刊载于《意林》2023年第5期

如何构思写好游记类作品

——《意林》创作访谈之《红》篇

《意林》：您是如何构思此文的？

林旭华：我是这样构思这篇作品的：一是紧抓景物特色，创新写作思维。游览圣井山，我被杜鹃花那种云蒸霞蔚、如火如荼的红色所深深震撼，我认为这是圣井山最具特色的美丽景观，而且从中还可以挖掘出人文历史类的内涵，通过这些元素融合，可以别出心裁地构思，创作出游记好散文来，何况朱自清可以有散文名篇写浙南仙岩的《绿》，那么为什么我不写篇浙南圣井山的《红》呢？二是深化作品立意，不断拓展意境。我认为优秀的散文，必具“神采”，“神”就是高深的“立意”，而“采”即优美的“意境”。构思《红》时，我想到“红”应该是具有爱国爱民思想情怀之人的象征，于是我以此基点立意入手，融合杜鹃花的人文历史元素，深入挖掘，提炼主题，并以诗意化的动人语言不断拓展作品意境，进而写出这篇具有深厚思想文化内涵和优美意境的作品。

《意林》：您的这篇文章写得如临其境，如何写好游记类作文？

林旭华：写游记要注意把握三个“度”，即“美度、韵度、厚度”。所谓美度，就是以准确动人的语言精绘细描，去表现风景之“美”，让人赏心悦目。所谓韵度，就是景物要融入深度的思想、情感内涵，以特写手法，生动传神地写出作品神韵，令人震撼，引人共鸣。所谓厚度，就是要结合地域景物的一些人文历史元素而增强作品的文化厚度。《红》这篇作品给人有如临其境的感觉，就是因为很好地体现了游记散文的三个“度”，即“美度、韵度、厚度”。作品采用虚实结合的语言表现方式，对杜鹃花进行精绘细描，让我们仿佛置身红彤彤的杜鹃花的美丽世界，令人震撼。以特写手法抓住杜鹃花在山风鼓荡中的摇曳细节，融入我的思想、情感，进行淋漓尽致的传神渲染，努力把杜鹃花写活，做到神韵毕露，同时以杜鹃花的传说以及历史名人、诗词文化等多元素进行作品融合，使这篇作品有了深厚的人文底蕴，大气恢宏。

注：刊载于《意林》（原创版）2023年第7期

文学是心灵学：心灵的净化和升华

——青年作家网创作访谈之《银圆探秘》新书分享会

作为中国散文学会、中国微型小说学会、中国收藏家协会会员和高级艺术品鉴定评估师，由我创作的《银圆探秘》一书成功出版发行后，上架全国新华书店和各大知名平台，在社会上引起了强烈的关注和反响，得到了中国网、中国日报网、人民号、凤凰网、青年作家网等重量级知名媒体和《瑞安日报》的宣传报道，被誉为“国内首部系统化诠释中国银圆文化的创新性专著”“中国银圆百科全书”，深受读者欢迎。新书一运到，立即引起了抢购热潮，取得了初步成效，这的确是我始料未及的。

关于文学，我记得二十世纪八十年代曾有人说“文学是人学”，但我今天从更深层次上来说，文学其实就是心灵学，是人的一种心灵净化和升华。

为什么这么说呢？

因为文学创作写人、叙事、抒情、描景、状物、论述等均表达的是一种人的心灵上的东西，是一种外在与内心碰撞后而产生的心灵的净化和升华，并且以文字的形式予以表达。这一点从中外古今的文学著作中都能得到普遍的验证。

以我为例，为什么我会喜欢文学呢？青年作家网有一句很美的口号叫“让文学点亮梦想”，可以说，这句话非常经典，也是我追求文学坚定的人生信仰。是的，在我年轻时，像所有文学青年一样，成名成家——这个文学梦想就是我人生的诗与远方，是当时最能体现自我人生价值的激情理想。在懵懂的青年时代，欧阳修、鲁迅、泰戈尔等中外古今文学巨匠的名著都有涉猎，至今仍然深刻影响着我的文学创作。那种精湛美妙的文字与我的心灵时常碰撞出激扬的思想情感火花，总是在瞬间震撼我的内心世界，令我激情澎湃，引起我对人生、对社会的深深思考。也许，这就是文学动人的艺术魅力吧。在高考前夕，教语文的张老师曾给我们全班布置了一篇作文题目是《我的理想》，我当即毫不犹豫地以“人类灵魂工程师——作家”这个我心中一直孜孜以求的神圣理想为题写下一文，并赢得了老师好评，在全班进行宣读表扬。这深深地激励了我，从此在我心中，“作家”一词就成为我人生的诗与远方。当然，我在文学创作上的不断进步，也得益于我的大舅舅——瑞安当地著名曲艺创作家郑志强先生的精心启蒙指导。九十年代，我在《温州日报》发表了散文处女作《我的自白》，激情满怀地写下了我内心闪闪发光的青春思想。此后一发不可收拾，经常把自己内心所思所想付诸文字，发表在《瑞安日报》《温州日报》上，有的作品还荣获全国性文学大赛的奖项，入选国家级出版物。

在努力奋斗的过程中，我永远忘不了青年作家网对我文学创作的精心呵护培育，更忘不了总编汪鑫老师的真诚支持和帮助。可以说，青年作家网就是充满爱心的创作之家，也是我充满感情的精神创作家园。如果说我在《温州日报》发表散文处女作，是我文学创作事业的起点，那么青年作家网就是助力我文学创作事业真正起飞的阶梯。我记得，在青年作家网举办“2020· 全国青年作家文学大赛”时，我的散文《冬阳散章》被总编汪鑫老师一眼相中，并获得了大赛散文组一等奖，入选《岁月如歌·全国青年作家优秀作品选》，这极大鼓舞了我的创作信心。此后，我的其他作品纷纷发表在全国各地的名刊、报纸上，源源不断，高歌猛进，取得了不错的创作佳绩。但这一切均源于青年作家网老师对我的悉心指引、帮助和支持。

的确，文学创作对我的生活和工作产生了深远重大的影响。几年前我生了一场大病，就在我一度绝望之际，我沐浴了冬天暖暖的阳光，从心灵深处感到了生活的温馨、灵魂的满足，内心充满了无限的快乐，从而使我的心灵不断得到净化和升华。于是重振精神，精心创作了我的散文代表作《冬阳散章》，以诗意化的语言和细腻诚挚的情感表达了我对生活、对社会深刻的人生哲思，结果荣获大奖。这就是外在与内心、文字与心灵碰撞而激扬的思想情感火花所带来的人生快乐。从此，我变得更加豁达从容，坚毅沉着，身体也恢复了正常，工作更是激情万丈。

如果说《冬阳散章》是我的一篇轻灵的散文代表作，那么《银圆探秘》就是我的一部沉甸甸的文学随笔的代表作了。《银圆探秘》是收藏与文学相融合的作品，以中国银圆文化的学术发展为主轴，采用文学随笔的形式，全面深入地展开阐述，表达了我对中国银圆文化深刻的心灵感受和思考，淋漓尽致，灵光闪耀。《银圆探秘》从收藏学、文化学、历史学、艺术学和经济学的角度，通过客观务实、深入充分的研究、考证和分析，全面深入地诠释了清末民初之不同版本银圆所蕴含的历史渊源、演变历程、传奇典故、深层文化、艺术风采、收藏特征及其收藏价值、投资分析、收藏方法等奥秘，即包括内涵文化和外延文化在内的中国银圆文化。

我觉得，每枚小小的银圆，都深藏着许多鲜为人知的秘密，并闪耀出神奇迷人的文化风采，有许多奥妙等着我们去揭开，如：各种各样的银圆在历史上是如何诞生的？它们演绎着怎样精彩的传奇故事？每种银圆具有什么样的文化底蕴、艺术魅力、防伪特征和收藏价值？等等。

创作时，我完全沉浸在对银圆文化的研究、考证和分析之中，与每一枚银圆展开深层次的心灵对话。我感到，一枚枚熠熠生辉的小小银圆，仿佛在向我娓娓叙述着精彩的传奇故事，渐渐揭开了尘封已久的历史、文化和艺术内涵，串联起清末民初的历史，展现了中国近代货币史上一幅斑斓多姿、恢宏壮丽的银圆文化画卷，使我在品尝这场文化盛宴之余，有所深思，得到启迪和激励，从而让我的心灵受到一次深刻的洗礼，得以全面净化和升华。

我认为，文学创作应该淡化金钱、名利和地位，只有把外在与内心、文字与心灵碰撞中产生的真正有价值的精神财富留给后人，也许作品才会更醇美，更恒远，这就是文学创作的真正价值所在吧！